人 余 集

富山 著

中国文联出版社

目 录

那些雨水 1995 — 1998

    百衲衣　　　　1
    无锡的雨　　　4
    家·雨　　　　　4
    张家口火车·雨 5
    北京街道·雨　5
    旅馆·雨　　　　6
    破窗户·雨　　　6
    光亮的夜　　　　7
    阳光下　　　　　8
    湘江四篇　　　　9
    钓楼湾　　　　　13

牧 歌 2001 — 2002

    燕　子　　　　15
    垃圾桶日记　　16
    农　歌　　　　17
    春　　　　　　18
    月　　　　　　19
    秒　　　　　　20
    行　路　　　　21
    十月·常山郊外 22
    童　话　　　　23
    牧童和牛　　　26
    长途车站　　　27
    鲤　鱼　　　　28
    沙尘之歌　　　29
    清　明　　　　30
    清明雨　　　　33
    草　虫　　　　34

失　陷　　　35
影　子　　　36
煮　　　　　37
乞　　　　　38
放　生　　　39
牧　歌　　　40
街　　　　　41
羊　圈　　　42
半山上的火车　43
安　静　　　44
伐　檀　　　45
牧　人　　　46
信天游　　　47
行　者　　　49
六　月　　　50
自由是一首短诗 52
归　　　　　53
摇篮曲　　　54
酒　肆　　　55
彗　星　　　56
阿炳问胡琴　57
橘　颂　　　60
腊月二十三日的宝庆一家 62

在河套边缘行走 2002 — 2003
上部 征夫日记 67
征夫日记——马弓手 68
戍　边　　　70
往何处去　　71
今晚露营，看到星星 72
回　乡　　　73
门　　　　　74

我们定居下来　75
角马或羚牛　76
继续向前　77
米　79
欸乃　80
公园　81
灯塔　82
香烟的魂灵　83
天河与四仙女　84
船尾有鱼群　86
沏一杯温暖的石头 87
我们的伙夫　88
队长和军妓　89
风车　91
它冷不透我骨头的刺尖 92
圣母　93
下部 山和水　94
山和水　95
门前的树　97
来到半山亭　98
冬天吹过光天化日 99
广化寒衣　100
海岸　102
麸子　103
圆珠笔组画《征夫日记》105

极美的歌儿 2003

樱桃　119
雪路　120
半夜了　121
极美的歌儿　122
安阳六曲　123

杂花诗册 2005 — 2007

  杂花诗序　　127

  吊兰赋　　128

  明　窗　　128

  茉　莉　　129

  秋风辞　　129

  题野寺　　130

  船　歌　　130

  平　怀　　131

  农　歌　　131

  笔会赠福建茶舍友　132

  读　画　　132

  过无名山道　133

  题墨芹图　133

  题杂花短句对联　134

  与琴妻　　137

  江南四令　138

  离　歌　　140

  砚　赋　　141

  对无名氏或前人联　143

  与康欲乾对句　144

  与康欲乾友雨夜笔会对联 145

  富山绝对　　147

  与韩雅晖友唱和 148

  打油诗——敬老文 149

  为程然诗集《无人看管》作序 151

短篇小说计红梅 2005

  计红梅　　155

半杯集 2018 — 2020

0　　　　　　　　181
瓜州三令　　　　183
贝　壳　　　　　186
一　天　　　　　187
文　物　　　　　188
杯有沧浪（短句选）189
《冬游碑林》三首 194
药　　　　　　　195
题菖蒲　　　　　195
日记六则　　　　196
仿阮步兵咏怀诗 198
夜　车　　　　　199
访铁壶斋吴龙兄不遇 200
与顾先生　　　　201
题赠墨安先生文房猫卧图 202
答案与皮球　　　203
逢　秋　　　　　203
门　牌　　　　　204
上歌行　　　　　205
关乡行　　　　　206
无　题　　　　　207
独　酌　　　　　207
竹枝谣·埋酒　　208
三个朋友　　　　209
自画像　　　　　210
疫　　　　　　　210
君住长江　　　　211
听卫仲乐老先生箫 212
竹枝词·深居　　213
在　川　　　　　214
晓登山　　　　　215

宴坐听风　216
　　航海图　217
　　重　阳　218
　　大　雁　219
　　长汀行　220
　　四十四自写　221
　　骊山怀古　222
　　北　方　223
　　四行诗六首　224

一只失聪的耳 2021
　　失　踪　227
　　诀　229
　　暂时旅店　230
　　石　球　231
　　失踪老人院　232
　　真相低头可见　233
　　镜　子　235
　　长　椅　236
　　原来的名字　239
　　小唐龟铜砚赞　240
　　微型科幻小说《时间旅行者的标记》242
　　春　雨　244
　　扫　花　245
　　赠一副人体骨骼标本 246
　　一张草稿纸　247

这 集 2022
　　这　儿　250
　　铁链肖像　251
　　地坛和我　253
　　风　铃　254

造船厂 254
春事 255
2022日记 256
褪色 256
横国旅馆 257
短札 258
牧歌 258
六月别友 259
一幅画 259
不知道人消暑气歌 260
临池 260
只是写字 261
名剑山庄 261
我漂浮在中间 262
无主的情书 262
上元 263
长春 263
听《夜深沉》 263
五月谣 264
坚持谈美 265
中流 269
题不知道馆内院猫狗洞 269
这就够了 270
圆珠笔画《自画像》271

《谈艺录》精选

《谈艺录》精选 273
《惜花谣》手稿 285

跋——门口的人 2022

圆珠笔画《神曲》290

那些雨水

1995—1998

百衲衣

夏风吹走流动的炎热,炎热又重填满。我在蜂穴中睡觉,发誓、永远新鲜。

走到户外的时候,雪已经化了好多,两个孩子在街上尾随偷窃,跑掉时冲我做了个法克手势,很电影。

释透生命,那是件可笑的事。提醒你:这里,还是人的世界。

一个中年人走进车厢,吐了口痰,用脚擦了,坐到我对面,把脚搭在对面的空座上——我的身边。

车窗外,树都是那么一棵棵,草都是那么一片片,电线杆隔一会儿闪一次,偶尔几处低凹,几处高岗,几间农舍。平顶屋的黑色柏油顶像涂了层极稀薄的清亮新鲜的油,泛着流动的光,铁道横枕木密密麻麻的浪让人眼晕。忽然几个村民，高矮不整，一闪，平移到很远的车尾去了。

　　我坐着、靠着的地方，有过许多痰迹的脚印吧，我们自以为如何的背后谁知道有多少污渍呢。我不再咒骂对面的人，这是我们的生活，我也在其中，不见得比之更清洁、更高雅，相比之下，我总是很幸运，很受娇宠。

　　列车由两条精亮的轨引入山洞，车内的灯使墨黑的洞壁出现一条暗淡的光带，宛如时光中。

　　夜幕早降，它那样端庄，风韵被它无际的丝绒掩藏。一切俗气的灯芯在那样的深广中被点化，也变成精灵，超越了它们自己的情爱，在空气中浮游。夜呼吸深长。永恒的、是不会贴附在身边。山洞里漆涂的箭头、圆圈，融化成一团团白色的球飞逝。铁道边黑绿的山脊草树，是多年来旅客们扔下的果皮和纸。

　　天空这时又以一种令人意想不到的气质展现着它的高雅，它像蓝钢笔水大片大片洒上了一张旧报纸，那真正蓝的部分、能使人相信自己的骨缝里有一丝风。

　　想起家门口那个卖大饼油条的姑娘，她那年刚来时只有十五六岁，见到我会低头害羞，让我等,不把案上的饼给我,在铁饼铛烙好一张新饼给我切。这两年少见,那天看见她把头发盘在脑后,戴着银耳环。一个农村小伙子套着围裙出来催,末了骂了几句,她继续手里的活儿,僵着脸,小伙子又说了几句,她没应,一巴掌扇在脸上。她低着眼进去,片刻未停地拿了盘面粉出来,站在案后忙活。几个排队的老太太嘀咕几句就入了正轨,挑拣油条,扯起闲天儿。

干涸在浅滩的鱼急促而徒劳地喘息,听见空空的云声,细密如沙粒堆丘,点点滴滴肆行无阻。在人们顶上相当高远的空中,是无法想象的广阔和虚空,气流冰冷彻骨,方圆数百里,是水气凝结的云浪雾潮的风暴,翻涌着寒流。

孤独那么柔软。每个生灵用青春时的爱欲接受造物刑前的祭奠。

中午在皮肤上粘裹温温的触觉,头脑塞住了,像轻度发烧。红酒酽酽的、在齿间留下酸涩甘醇,那是它最美的一部分,喝得太多就不易察觉了。暗得非常浓。在晃动时,它的光影华贵而奇丽,勾引着你心底最炽烈的荒凉。

1998

无锡的雨

窗外开始下雨。
午后的阳光被洗掉了，都滚滚而入泥土。
芳草绿叶湖水，江南景致绝不止于此，但它的品行已可窥见。
雨停停歇歇，空气冷暖不均，人的脚步杂语，时缓时急。

1997.5

家·雨

四点左右，下雨了。
雨挺大。世界透明的灰，暗淡的亮。
朋友们正忙呢。
他们叹息呢。
妈在黄白的灯下煮粥；爸用放大镜读报；
阳台上，姐和小孩儿两心知地进行莫名其妙咿呀对答；
嫂子兴奋地看雨说："让他挨淋吧。"

1997.8

张家口火车·雨

　　雨迷住一切的眼目，田园像水彩画：广大的稻田，各种类的树，高的高，矮的矮，有的是打火机火焰，下大上小，有的小礼花，孤零零一根干，突然在末端怒放一顶树叶。　一群绵羊在田外草地上散步早餐，一身湿透的卷毛吸饱水，显得厚重，像刚从老被套里拆出来丢在野外的烂棉絮。

1995.7

北京街道·雨

　　下的很细微的雨，黑地亮水，行人匆匆，雨衣把本来不注目的面孔遮得更没差别。有的人没带伞。路灯昏昏，笼着夜体内仅有的一些昏黄的热量，你可以看见雨的寒毛。

1995

旅馆·雨

天阴得像傍晚,下着雨气温不高,很痛快。

世界的形体无限扩大了似的,阴郁的、无数神秘气息糅合在人们中间。

玻璃窗面上布满晶莹碎水珠,有几颗缓缓下滑,留下几道并不干净的痕迹,曲折的、像久旱的河渠。

1997.7.11

破窗户·雨

下了一天细雨,家阳台玻璃被小孩儿踢球踢出个洞,外面的清新透进来,那个伤残潮湿、显得有些不经意的秀丽。

1997.7.9

光亮的夜

现在,我可以看清远近的红砖楼、电线杆、云和飞鸟,但无法懂得它之中和身外的故事。除了光亮,这和夜、有什么差别呢?

常被这种情绪包围着。

看见有家凉台上的绿白条窗帘飘起来,一抖一扇、掀起许多舞蹈般的形态,像小鱼儿往深水下潜,又像海鸥横掠浪头的翅膀——起了一阵风。

一瞬间,那就是生命的样子。

1996.5.12

阳光下

我在阳台上。一个姑娘从眼下的长街轻盈而过,草帽素雅,系着与花裙相和谐的绸带,高跟皮凉鞋精致工巧,尽管是俯视,仍可知道她人很美,个子很高。

侧、稍后方,一位中老年体态的妇人,白衬衣,黑布裤,儿童凉鞋,一步步慢踱着。

少女青春优美的快步不知为什么所束缚,迟疑地不时减慢着,她的手摆弄着长裙很不耐烦,左右顾盼。

妇人始终以那种步态沿着路边向前走,不疾也不慢,儿童凉鞋硬板板踏着柏油路。

少女忽然停了,鞋出了事。

她单腿立着,一只手翘着兰花去弄同侧外翘长腿上的带子,另一只手很自然地曲折一抬,那妇人紧奔两步上前,用半截袖衬衣下肥胖、短笨的手臂一扶—— 那是母亲。

1995.6.28

湘江四篇

晨

八点后的湘江,暗得幽深,淡得清净,亮得刺眼。载砂的篷船斜身泊在悠闲里,那从容让人莫名感动。

阳光清辣辣漏过树、房的遮蔽,在几个聊得火热的乡农身下洒出长瘦的影子,动着、活着,比划着每个人注定一生的孤单。

1998.10.17

午

将近中午的时候,湘江是温暾的,像是熬了夜刚睡醒,江面上浮着几大块油污。

阳光让人浮躁,机动的狭长货船破江横渡,身后拖出一长串皱纹,粼粼的,每一阵波动都沉在江里。

一大块云遮住了光亮,世界清醒些,睡意都聚集在远方楼群之中的大烟囱口,滚滚的、冒成一股浓烟,黑沉沉向天空蜿蜒,渐渐被滤成淡灰色时空,开始了夜晚。

1998.10.22

夕

　　成群的蝇子聚积在草丛间某个对它们来说丰饶的地方。

　　此时夕阳发了狂，我看见它把涵养一生的激情洒入江心，江心在几秒之内如青春时一般迸射灿烂。

　　空气异常刺眼，各样的光线，沿江岸剪出很长一条逆光的林带，呈出煌煌中奇美的黑暗。

　　宽阔的湘江已在一面古旧的铜镜上。

　　漫江水气同时在吞蚀那些金闪闪的光了。船夫揉着橹，浮在他们自己眼角的疲倦。

1998.10.22

雨

这里的水和岸,已经被早晨的雨洗得又鲜活又朴素,一直润进根。江水好像不再是昨天的江水了。

空气中还飘散着已不成形的微小雨丝,它们在将落水面的时候无声无息消解,像老胶片上那些划伤光影。

视觉仍模糊,但清净。平日那些擦也擦不亮的浑浊都如那些泥沙、那些灰尘、那些离根的枝叶一样,落在它们能到的最低最暗的地方。

江面忽地闪满花碎的光,粼粼斑斑,雨又大起来。

1998.11.1

钓楼湾

进了山,沿一侧小路是被风吹得哗啦啦响的大片栗子树。

栗树绿叶败枝相杂,光影斑斑块块。它们真有新意。

往路另一侧看,才发现视野的渺小。溪流生动,灌溉许多小块错杂的农田,溪中卵石向上渐渐堆积,猛地拔起整块山屏,绵延千里,满眼浓荫只给正午的太阳留下一丝生机。

秋日动人,那些土色的蝴蝶在山谷间像零落的枯叶,让人觉得,曾经来过。

1998.10.23 湖南钓楼湾

牧歌

2001—2002

燕　子

我居的窗外　终年纠缠野藤
我的心里纠缠
我的眼中满是盛夏

我的欢快 在中午的荒野上枯黄
我的城市里
有些地方已经开始叫卖
可我心里
已过了冰糖的年龄

在冬日
每个身体温暖　我要轻易地拥抱
身体和冬日一样萧索
我的萧索　是冬日的下午

满街人群　编织好各色帽子
我热血流淌　血流芬芳
在任意一个小巷里轻扬

我跑遍城市　听到有人的园中
春花在开

2001.11.3

垃圾桶日记

肉体在赤条条的溪水中
我的激情已给它
日头将至
就要腐烂　也好
就无所牵挂
但那也是贪婪　是更加恶意的涂粉
我没有一寸干净的血和灵魂
翅膀
清除不掉悲惨
街道下面仍是本来的泥土
录下无数车辆的话　嚣闹
无聊
充满人情之美

2001.11.4

农 歌

在这里
我已耕种下一些花果
摘尽了 还有土地
来往着安下它们的家
只有收获了
田野里
我只有收获

埋下干裂的舌头
城市里响起丧钟
为烂了的
为活着的

收获泥土吧
种下来年的干粮
新鲜的交易
腐了的吃掉

2001 末

春

是生生不息的海藻
是游出思想的群鱼
那些光滑的鹅卵
遍布十一月的城
或者冬夜撕咬着的乡镇

那些温暖的
孩子般灵魂
注下丝的头和桑的缺乏

于是抽丝
血肉为桑

十一月的寒露　不能沾湿毛衣
十一月的城和乡镇
却缩着肩颈和手腕　埋着下巴

2001.11.10 河北正定

月

月坦白着
独睡
所有淫欲贪婪屠杀
从未掩盖它的裸体

我们被阳光晒在千万路上
今夜赤裸 光华灿烂

今夜的坦荡是
隔世的暮鼓晨钟
醉渔和游侠
铜壶滴漏
在连营中吹角
哪一夜都有的落寞

天堂很近
蹄声如海
生生世世 荒成梦
在冬末农民的眼角

河沙淌着浩劫　锄头埋不了
天飞不上九霄
也没有捣衣的井台唱儿歌撕扯心肠

山驼它的背
雨水红了野花
冰冷
洒满无尽轮回的黑夜
像祭奠的旌旗

2002.1.5

秒

这声音就是幽灵
一步步
通往地狱的神秘缺口
无法辨出的数量
繁复哀愁绵密

不令人知觉
也不鼓舞
如果时间真的这样完满
它确实
该流逝

行　路

大雁
到另一个世界的空旷里群集
长颈的诗句荡漾成歌
排比云间的行者
潭一样深坠的
日光嘹亮

于一切之上
野蛮 展翅 痛饮
在长空
在背光的景色里
常存挚爱

到处是奔行的人
撕开心魂
那些长鸣悠久
在空中群集　放火烧山

到处是奔行的
淋血的
幻彩的
大家擦身而过
就走吧

2002

十月·常山郊外

清晨雾润,荒郊野外,枯蒿乱丛之中,无尽潦倒。大宇旷阔,阴郁修明,人在极处,声在耳畔,有种虚幻。

时空的深渊里,回应起点滴洞穿的清敲,诸般神思分离纵横,如何炽热、冰冷、祸乱,其实各归其义,天地依然,人物依然。

雀声嘶嘶入耳,野茎迷香莫名。

仙无处可寻,偶有半山小舍,农家院落,使人顿悟。何处是我家。

高山常在,白云空悠,不论古今,不论雅俗,只一个来处,一个去处。

乡野天真率性。欲其所欲,得失其所得失,生其生,逝其逝。

荒郊野冢,是天之骄子。

2001.10

童 话

寂寞变成游泳的白鹅
钻进波里捉鱼
累了
就抖抖湿淋淋的腰
没规矩地漂浮

要是站在旷野的稻田里
该多么凄凉
但愿是醒在娘怀里的一个怪梦

此刻是在异乡
那怀抱不在

长大了的四季分离在东西南北
轮着个儿回来看望我们
可是他们心里很难过
因为熟人不多了
新的朋友又大多更爱他们自己

垂下来的虫子嚼着棒糖　倒着看大家
都有一副玩世不恭
被吃掉或碾死了也要做个滑稽的呆蠢相
可是谁知道他们的幽默呢
上了年纪或者还不懂事　总之

老是没法沟通
所以大家唱的唱　思考的思考
自乐自娱　自伤自叹
索性就成了世道

梭子摇头晃脑地和钟摆跳疯子舞　没完没了
又逗着滴水答答地笑
赶着大车来讨生活的马戏班儿
和蜜蜂一起忙叨
都踩乱了点儿
花儿就给它们蜜吃　省得谁不高兴

是谁又来到了世上　又多了双眼睛
还是又少了些新鲜
没人管
有的人没打招呼
就搬家了

最羡慕那些马戏班
至少他们聚在一起
可以玩玩童年的把戏

镜子和另一些骗子们
总是大方地分发他们的笑话
最机灵的姑娘都上当
可她们喜欢　嘴上骂他　就是舍不得揍他

有时它粉碎成万花筒
春天也爱上它
夏天也挂念它　用知了编情歌唱
在这样的屋顶上
在原来开烟囱的地方
常常蹲着几个外乡来的乌鸦　叼着烟屁股
一个劲地闷吸
东拉西扯地发感慨
"你知道生活吗？"
"你别扯了。"

云飘得多快　轻得连鸟也赶不上
成群的雨云和邻居们告别后
凭着一股邪火哇呀呀地一路冲下去
邻居们都不介意
它们老这样
把告别都弄俗了

远近的孩子成熟时　庆典快到了
大伙张罗着　盼着
布告栏里多了些好风气
街头健身的大妈相邀着
"买点儿豆芽儿去吧！"

2002.2.23

牧童和牛

我们并肩走着
路上有稀奇的东西
它们不快地哼着　都有道理
我们一路看
脚下是黑黄的地
河水漫过来
我们都在泥里

我们没笑也不会跳舞
走进一些迷路
鸽子来时带来纯洁
去时还是鸽子

有一只马蜂
旋转在花园
那是我的肩膀想飞

我们在泉边坐下吧
把前方
隔在另一端

2002.2.17

长途车站

许多不一样的念头集聚在车站
他们不知道
将来的班车是哪一辆
在何时去哪儿
这里荒凉异常
吵闹异常

一个村庄生长的小孩子眼巴巴地
盯着别人手里的面包
和稀奇的饮料
他像个活着的提包
执着地 不停嘴地问娘 那都是什么滋味
最终
得到几下藏着辛苦的巴掌
连拖带绊地被拎出视野

这里全是肉体 全是心事 全是买路钱
只是没有愿意留下的心
车一辆辆发出
窗子的内外
家在哪里呀

2002.3.21

鲤 鱼

有多少条鱼在这片水塘下面、没人知道。水草摇来摆去，浑浊暗淡的世界，东一家西一户，在各个水深的潜流中，鲫鱼、鲢鱼、草鱼……各色有宗有祖或不见经传的品类，他们有规律地漫游。

常常有垂下的饵钓去某某；也有的惊慌失神豁着嘴巴惨逃回来，在油灯下给大家忆述骇人的历险。

在一个古老传说中，那些飞升的都在无水世界里被奇异而隆重地供养。意外复归的鱼说，那种香味，此世间无有。

于是多年来，除了任何时代都有的胆小鬼外，也有着任何时代都向往传说的鱼，他们梦想着被供奉成神，寻着不知名的尊贵，他们就去了。

一条这样的鱼对另一条鱼说："别着急，我知道总会有机会，我知道你会成功的。"

那条鲤鱼慢慢地说："我为什么要着急，我不是给任何人准备的。"

2002.2.17

沙尘之歌

掀开这些城楼

就没了誓言

在我看来

你们都是一样的

和你们看沙子一样

和你们看风一样

和你们看风刮起沙尘一样

荡起一切可舞的树枝和电线

你也还是

不懂得艰险

2002.2.27

清　明

阳光直刺进心血
你们已不在坟墓里

你们的脸
我想如风的抚摩
那些转身
我的所见已超越了血缘

在今夜的悼念中
看见你们时光中的录影
但听不懂那些仿佛的表述

我们都熔解着肉身
谁来悼念

当年
杨柳抽出枝条来相赠
长亭剪些春光别离
逝去的离人们　哪一位
不是我的亲人

看见无数干硬床榻
各自的童年时光
秦歌与唐音

竹林和讨伐

亲人们敌人们

清明时节

我来吊祭了

烧的是青冢

残疾的沙场

若有风雨润物

我愿一闪光带你回家

不管多远

再没有几万重山屏阻拦

还你楼台上相思的妇人

荷包里暗暗的幽香

今天不论壮志

大斗的美酒饮醉　趁衣袖寒凉

重温故国的雕栏

那些乡间的梆子和土语

累月的灭顶之灾

你们未流出的血泪

我替你缝合进春光

那块救命的干粮也带上

你们破烂的身体

分离的魂　被屠宰的　阉割的屈辱

可以略去千万世更改

在南方灵静时刻沉塘的

在乱国丧志的年月伫立的
北方
眺望更远狼烟的
都用纤绳挽着
拉向岸左的炊幕
不要嘲笑多情和多愁
因为古寺的钟鼓
琵琶的细碎
修复得不成样子的边城
胡笳的凄凉
都还在

别过亲人
永别故土
春光多贵重
也都散去了

我备了清水擦洗墓碑
我备的酒
淡如山溪
那些素纸了了成灰
不能重燃谁的生命
这样一次跪下
拜给谁

2002.4.4 清明前夜

清明雨

细雨织成帽子披肩
触到体温
清凉　又愉快

笺纸上的暗画　再精致
也不夺人
我们究竟有没有　在那上面
成过一行墨带碧色的行书

世界有没有过
一觉醒来

2002.4.5 清明扫墓归来小雨

草 虫

饱尝过恋爱后
永远尊重草虫吧
它们不懂格调
可是四季里
它们是历史

它们太小
而真理是它们的草料
英雄们不会屈身探看
可为什么一旦跨踏
听见的还是草虫的歌

失　陷

一座城池失陷了
乌云压在降人的眼底
垂好双手 顾着脚尖

胜利者才有时间摆弄柔肠
如果谁还以强者自居
你也可以踏着尸首长吟
留下美丽传奇
仿佛不曾站进血泊恭候新主

2002.4

影 子

我不变成生活的剪纸
明年除夕被新娘子换掉
我是我的影子
看见自己灵魂的背

紧紧跟随
不会逃走
何必表情呢
一个轮廓多坦诚
看见我就是我的意
比什么都新鲜

我欣喜接近沉默
迎着光线自由摆
学天真
流亡的年代我是肉体
今天合掌
拜一拜

2002.4.8

煮

在厨房　我看见
凉的水烧开
生硬的面条下锅

热烈的泡沫极度飞升

一碗冷水泼下去
又坚强地翻涌

火就关小了些

是这样
成熟的

2002.4.8

乞

睁大眼睛
要痛快
街边乞丐手中的雷琴
奏流行歌曲
我伫立
像筒中的硬币

跳起来迎一迎风
灰沙钻进喉咙
过去一切的念头走了
车有什么用

我扭头离开

凭虚构的神起誓
不再跪下
这一世里
决不

2002.4.27

放 生

海有多大
多细
我们数不尽人世

肩上有雨落满
脚下也是雨
灯火烧心
往来征战
困在人形笼里

放飞它们
和你自己
自在地来去吧

牧　歌

我为什么坚强
人心是肉
血管是肉
是天
与地
冲不出去的
属于这些生灵
他们热衷的牧场
我马
群马

为我丰美的水草悲痛
这样低能的放牧
居然会有意义
原来我的至高之钻
充其量是颗钻石
蛊惑不乏手段
我们从来就是些被活活炮制的毒虫

一个馒头养活的人
先爱馒头好了　强过先爱其他

2002.5.1

街

我爱路人手里的红色气球

没有童不童贞

自行车的海上

生活昂贵

我在街这边做了陌生人

人烟熏染

体贴不到肌理

快点回家

街上虽有黑色的矿渣

远近却乏童话的野心

2002.5.4

羊　圈

我肥腻不堪
掉进铁炉
实现我生的目的
割开的喉头终于坦荡

千百人捆我
熟练的刀抹下
我们红着死羊的眼球
一辈子奔逃在难逃的圈
身体尚未成熟
于是我有鲜活的肉
在膝下手中刀口必经之路上
生而待宰
混沌的高灯
为这一场
香甜而亮

两个青年拖踏着乱步
几个姑娘花枝满春
我在赶自己的路
他们也在赶

我想我眉眼模糊的情人
今夜
将于不久的将来消亡
我把我所有记忆
放在梦里留着
呻吟给
天帝听

2002.5.9

半山上的火车

镇上山坡　他年就铺入铁轨
不止一次
我奔跑在去往山洞的碎石路上

我是女人
我四季有早晨
秋天被风吹起
青色的山腰和玉碗
细丝绸河岸
直延绵到长安

都放在昨天
怎能
火车每次经过我的凝望
都带走一些景色
仿佛一块钟表
虽说原地打转
但偏不重复

世界是个书包
有个破洞
一层气流几个方向失落
爬上中夜　我就老了
长鸣着开往黑夜
就像一块直着走的钟表

我不停抛弃家家户户
我唱着驴吼一样难听的歌
闪闪发光

2002.5.9

安 静

衣服裹着他。穿衣者有一堆年龄。
见过成堆书报。成群男女。
最终都离弃。
工作或休息。白天或黑夜。
永恒这般继续?
他想,我颜色无关痛痒。
换了件衣服。他衣帽成柜。
世界有所有
——它就保持安静。

2002.5.9

伐 檀

四门敞开
方便来去的车马
风有它的刮法
声音各来自一方

一时漫长不见前景
我不介意这或他种的强
出于母体
注定要离于原本

这一座空城
尘土
没一颗不过我心

这时走过
看见的是五六点的阳光

2002.5.12

牧 人

这里有些无用的青草
生得好
然而无用
等他的爱人
哼出长调
这马如风
挂着晚霞

我是终年白雪的牧人
枕在山脊的狼腰
抹下一块天色
梦时离散它们
有多少森林
就上多少山岗
我是篝火沿途掠夺走的情意
不确定哪些是爱

不必叙说经历吧
不要说那么多话
那些偷猎的收获
给予自己的婴儿或母亲足矣
人世上经年累积的富豪
不要带回草场的锅

2002.5

信天游

爱人
我找不到你
谁是火 我不能心跳
假如你在
我想枕在你解情解意的肩上
不再愤怒

可是你爱我 让我一个人沉积

我相信你存在
比我理智

放我奔驰
你用天地暖我
给我冰河饮 暴风雪淋
我冰雪爱你

所以一心寻找沼泽
陷落苦难的一切
洗心来见你
悠然等我
鼻翼安详

你有很多奚落等着我
我想过逃
想过劫掠
或随众人劫掠
但你微笑
你让我学会骄傲

我会带着满天的星光来见你
这是每次走进人群我心里的祷告
白天交给你
到了深夜我就能走入你回答的诗篇
你幻出彩灯
是我娇媚的新娘
我穿着青青的衣裳

做只乱发而倔强的鸟儿
飞起身姿
我是你踩不完猜不出的路和谜

2002.5.20

行 者

来到这儿
就喝这里的水
长草像我肆意的心
缓坡起浮
矮灌木丛生
且唱这里的歌
在另一种辽阔里
恰如这歌向往的

漫不经心的
身后已成长路
走
没有回头的勇士
——你可以投降
但不要自嘲
取出手鼓
这是孤身人的笑话
我走过的脚步
无常而富于节奏
走
四面八方任无家的人走

我的驼铃
蛮荒清凉

2002.5.31

六 月

我深爱下午模糊的树荫
浓郁的
在里面迷路
请长久地热吻
再长久痛哭
密布六月天空
传来雷雨前风声的滚动
我在人间已乱方寸
用夏日烧掉双足
缝上眼睛
给我一条光
——金色的
我束成七月之火
化被草木
我空着双手
来热吻我
让我知道我迷失在浓郁的长街模糊的树荫里
长久赤裸
长久地翻找
一遍遍有疼痛

我愿同着野地里的妖精
一生一世在六月失魂丧魄的旱地

这世界疯狂
这大麦疯长
这儿的相思足够了
我爱牧人
我愿烂了隔世天真的眷恋
一天
一天
一日三餐啃噬啊母亲
我永失你青春的妩媚

我们终将肢解成重重的泥浆

那么
开始摇曳
生命如盛开的六月

2002.6.8

自由是一首短诗

有一天突然醒悟
歌是可以这样唱的
后来我知道
原天空是一种冲不破的东西
就扔了一切所谓家当
去穿越了他们的工地
那一年
拆迁的好日子

这一场雨敲在头上
强迫我听见它
我已没有了娇羞的皮肤
又何苦来逗我

我的音乐
无需你听

2002.6.9

归

踩夜在自己的影子里
移动无底深井
冷的水
热的胃
交接处是我的日子

一路暴雨
我浅埋伞下毫无情义
直纵入
苍白之地

世界大而无边
我吸了一口
天外的空气

步复一步
这是偶尔发生的新世界

2002.6.9

摇篮曲

行进在灯海里
也像灯海　也像游鱼
遗忘是剑手
落日忽殷红

做了流民
就奔向出路
我们只能如此
只是如此

我的孩子
黑色是原色
我们
是流光

2002.6.20

酒 肆

有个最荒诞的东西叫答案
真正需要的人并不多

于是我想让走过的人
喝些穿肠的酒
吃一碟毛豆
熏红着眼睛吵闹
惊扰一些过客

茅草棚遮风
不用感激
酒入肝肠
心比天高

这里的季节
不可捉摸

2002.6.20

彗 星

逃不出去
所以飞行
可悲的幻想家
一个人的长途

宇宙
生养我的坟墓
爱你至深　切肤疼痛
我用尽忍耐的力量
劈自己成材
我用来燃烧的
都是你

天上有石头的围墙
我不想这样
被抹去
不管多少徒劳也要突围
乘着光也要舞蹈
也还是要
骄傲

2002.7.3

阿炳问胡琴

——帮我聆听春天
我看见最黑的光明
太久了
我被尘土埋得太深
也记得少年时　你青春正好的样子
桥岸上下午的雨水都除不尽的污垢的样子
——谁了解?
就无力再想

我是在街上的
空气让我饥饿　我不苦
苦的是听到过你们

隆冬腊月　每天都冷
我是谁的血肉
我天生握着　骨头结的胡琴
天是我的席
我不擅哭
帮我流泪好吗
但眼泪什么都不是
——漆黑的瞎子
就是坑着自己

一生
忘记光明

还有多少天?
常问自己　　如果我能看见
——我要扔下比命还贵的琴
——我会用喉咙唱歌的
——我要飞奔上
那曾有你的桥头
——看见寻不到你的落寞
我有过亲人　我有的
他们在人海里
光明啊
你这我早已听吐了的骗子！

——今天冷清
我又在做梦
桥头安静呵
我年少时
——你正会回来路过的
隔世了
听不见了
那些其中的你

我又疯癫地笑了
你在旁边吧
长街太是冷落人
我本不是软骨头
只是九月里的单衣
会让人寒碜的

——我有去处
你呢
我不是你认得的那个
不再是

我要走上淹没的古道
——愿你
永沐夕阳

2002.7.4

橘 颂

装点一屋子洁净

也可以叫穷酸无用的牢骚

我有七窍玲珑心

常见各色缤纷

季节无常受煎熬

那炮烙之柱上

我声高昂

有山风 有清流

合衣来睡

月高天高

我敞着心门七道

山深而多草木

我居林中

吟哦于幽谷

我听见大街小巷都是人们的长诗

沉入河底淤泥

小鱼泛出气泡儿

——它在追寻自己的伟大

每一个相爱都是淡墨妆成的小鱼
如果河风早起
人们会收下高耸入云的彩翎长杆
用巨大蕉叶遮盖短屋

廊下天气阴灰
庭后开满山花
长歌！
一腔心血
胡乱摘下
我知道没有人要它
——它不能充饥

寒露一过
我要结出家家户户窗上的冰花
看山河中平庸的挑夫
岗上赶脚
柳边歇步
停车听江流

2002.7.7

腊月二十三日的宝庆一家

在这样一个边塞小镇上,是无所谓奢求的,夜晚就是夜晚。早在五点钟的时候,北方特有的暮色就选好了牛马店,选好了炕,开始生火、喘息,并给马备料,准备一晚的舒适过后,明日拂晓前动身。人们这样勤劳,也不乏生趣,都用习性熬着过呢,这样的夜是温厚的。

黄宝庆更是温厚的。他眯着眼,骨节粗壮的大手捧着奶茶缸子,呆定的好像没有任何白日的影子残留在这个世界里。此刻,他只是盘坐在让人酥麻闲适的大热炕一角,靠着窗台,任屋外的野风拥挤叫喊。他不用想那些风和寒冷,对于他的这个窝,丝毫不能伤损。新糊的窗纸偶尔发出些低闷的呻唤,有一块拼接纸像个女人,所以他看那个窗纸演电影:一个受尽人唾骂的妇人,仰着头,只用单薄的长手扶一扶脑后的髻,咚咚地、从交头接耳的是非长街上一路穿过来,没有丝毫的表情。

炕沿上,他老婆张贵芬抽着几毛一盒的"青城"烟卷儿,膝头瘫软着一顶白帽子——一天的粉灰已经不见了,她早在给最后一道窗框刷了最后一刷子无精打采而着实的白浆之后就好好地摘下它、掸抖尽了。

"唉……"宝庆全身像个气球似的,捏住口儿的手一松，泄出一口气，人又舒服了许多，手中的热奶茶大缸子更实在了。"这一天……"他身体的极深处漾出笑意，透发出来，涨红了那张北方汉子的长方大脸，胸和喉头发出的笑声，很温厚。他老婆随着也"嘿嘿"叹了一大口气，烟卷头儿上的红亮骤然明快。

几声狗叫被一阵大风埋在别人家的院角下面，呜咽。猪和羊们大都挤在圈深处，缩着肩、闭着眼地半睡半醒，虽然温暖却有几只抖了抖身子，大概痒了，在伙伴身上以友好的名义轻蹭着。它们嗅到些气息，很不自在，那是新年已至的气味，血淋淋的同类的气味。

宝庆想到了羊，就来了神儿，坚定地灌下一大口奶茶，"咕噜"一声，胃里热乎了好一阵子。贵芬回头瞅了一眼，乐出了声儿："你慢着！"

内蒙古农村的新年特别接近"新年"这一词的原始味道，从腊月二十三一直过到正月十五才算完，什么扫房日啦、祭灶啦，初一饺子初二面、初三烙饼摊鸡蛋，什么时候串亲戚啦，一一照办。扫房是一件大事，多在小年（腊月二十三）这一天，起大早，用废报纸、破布把大件家具蒙上，花盆钟表之类大都挪到屋角了。亲近了一年的烟油和风尘，就要被换掉，被新一年的大小事务的气息和废物替代。扫过的地方现出顶棚纸或墙围的本色，大多已陈旧了，但有点干净，像六十来岁的汉子新刮了脸的劲头儿，让人有点不认识，怪别扭。等一间屋被宝庆两口儿打扫过，满眉毛都是一层灰白的霜，人像是套了层透明的膜儿；里外两间北房像是用石膏灰堆的，堆出土墙、火灶、衣箱和门窗框子的型来……夜、就又找上门来了。

院外传来一阵嬉闹，叮叮咚咚撞进贵芬耳朵里，她长了一下身子，从炕沿坐起来，猛抽了两口"青城"的尾巴，转手捻灭在身边的烟缸里："小春回来喽……做饭！"宝庆扭头向外睐一眼，脸上的笑沉回身子里，咕咚又喝了大口奶茶，把缸放在身前，两只大手搓着脸和光头顶。

小春奔进来的时候，他妈还没来得及把火生着，"妈！爸！"这个十二岁的少年懒浑浑地边叫边手插裤子兜仰头顾盼："都扫了？"贵芬忙着生火，宝庆还是用手搓着脸，从鼻子里哼了一声，又随着叹出一个哈欠，"不扫干甚……"。小春开门的时候，屋子骤然被惊醒，热乎气儿打了个激灵儿，少年的一贯作风，总是这样让人厌烦得躲闪不及、又不得不容纳它。

行在河套边缘走

2002—2003

上部 征夫日记

征夫日记
——马弓手

在河套边缘行走

一路行走
赐给上天
愿路记住

在黑漆漆的地方跳跳舞
学会等 听
和沉默

流过的时候
放弃稚气的美

一直向前
上天赐给欲望
我因拥有而疼
已望见河套
浩大喜悦
充满哀伤
无法治疗的屠宰长刀口　春天和年轻
过去的家

像分不均的哺乳
掠过那些瘦干的母亲
肢解于混战
不复同情
不复感激

在坦荡的大地上一路奔跑
一直奔跑
冲刺冬天
这里冬长
冻在一起

2002.8.3

戍 边

不能用刀
他们是人
但有一天他们会无知地宰割自己的国人

阻挡
办法幻成劝勉的曲解　刀劈后留下绝望
坚守　不降服　尽管屈从
出于理解　同情　珍惜和热爱

剩略解释
剩略热火朝天的营盘

万里无人
是什么
值得民夫骄傲

往何处去

小鸟回家
风离开沿海的地方
我的水囊满满

日间不见行人
日子推进
风景不确定的　让爱它的我明白
遥远的家
不复是家

往何处去
毁灭的沙场
向东向西
到处是拥吻的尸体
强弓硬弩
被统帅征服

他们见了就杀
看不到尽头

停下
或者冲锋

今晚露营,看到星星

天河离我太远
征衣使我想逃
在哪里都想抬头看天
不称职的兵天诛地灭
我看星星散满
夜凉是它的波涌
不卸鞍鞯的黑马醒着
我惊诧于它的灵异

它黑暗中的眼睛充满同情

混战
盟誓
坐在大路上不知哪里的林间
在继续的岁月里听令
卷入冲杀
拥挤于队列

解下你的嚼铁
谢谢你 陪我在今夜

我们回不到初生的草原
看不见的沟壑
勇往直前

回 乡

儿童跑不停
女人说不停
敌人和战友
活着也罢

不是当时了

那些呼叫那些血
退伍时
他们成了卿卿我我小情调

男人脱下汗湿的衣裳
他要耕耘土地

门

太阳东来
太阳西去
我在南方
也在北方

为谁而舞
走进舞会 一切成真
舞蹈得如此欢乐
又来时
是我敬爱的春天

闭上眼
权当是另一个世界

我们定居下来

这里有羊圈水井天然草料
我们定居下来

我充满喜悦 挂满窗栏上的水珠

上午去找吃的东西
一直走向尽头
那时候膝盖埋在沟渠中 冰凉渗入
退化的劳作在退化的草场
充实着迷惑
坚持着
时光就此费去

我们真没出息

角马或羚牛

向不同方向　低着头　弓着背
跳越水坑
躲闪车头
这些细节划过人世

身无分文　跳越
轻步川行
闪避身体
车辆主宰城市
天桥渡我过街

有声音的生命吹响长笛

快步前行
奔走在自己的皮肉里

继续向前

  细雨落上屋顶,有只小鸟在雨中。

  它讨厌在蓝天的映衬下礼貌致意。因此吃光过冬的口粮,在雨天翻飞。

  没有食物。

  除了食物还有别的。它坚信这一点。

  风劈在粘满羽毛的身上,本来湿羽毛贴得全身温暖,但冻雨强劲,寒入五脏。

  翅膀结实。每次扇动,飓风在两肋下涌成飞速激流,它就置身冰窖。

  尽管、尽量贴向地面,但身体还是不能稍有好感。

  它很累。停上一棵大树。

  有片大叶斜垂下来,挡住大半个身体,这时它粗粗地喘着,静静抖着。全身蒸发白气,感到严寒撕裂肌肉剧烈绞拌后的火烫。

  一边的翅膀还是被水淋着,许多水滴从树叶枝杈的缝隙间不休止地下漏。

它尽量缩紧头和爪子——完全贴入腹背、牢牢压在落脚的枝条上。

望着四下，有几种莫名的情绪绞在一起，不能调理清楚，眼前一切景色熟悉又万分陌生。

每一滴水现在都立刻激起一身战栗——刚才的汗水冷透，可怕地带走体内残余不多的热量。

有一道斑斓的流光飞入虚弱的视像，径直灌顶，瞬间融入血液。

它长直身形，展翅飞出——暴雨无目的地遍洒林间大地，风声和无数野物细小的杂响、隐蔽的云的运行，都和谐在复杂多变的——雨的单音里。

一切并不因此显得特别。

米

因为寂静 空中响着鸟鸣
划开这时候的土 忘情于每一个人
他们的明暗得失
横渡四季
装点无以言传的美

河流拐入山川
因为崎岖
我们残忍
或者善良

冬天让生命自重
时间永远地
收割下你的收成

欸 乃

阳光碎人灵魂
土地感人至深

值得纪念
歌舞烟粉的两岸
迈去就是未来

船窄而尖 轻 且直 我爱水道
无奈中 欣赏它 曲曲弯弯
卸下渔网
青天倒映心怀
载满舱的鱼获
舞蹈飞扬

我急于人世上狱地的凄惶
旱路上叫嚷寻找
一次次陷落泥塘

我的翻阅
已是近午时光

公 园

抬头时
脚踏实地
翱翔蓝天
很自然没有伙伴

世界无界
自由
在心里

狼获取小鹿
鹿啃草叶
蛛虫相噬

每个生者有不同的食粮

9.16

灯 塔

前方有黑色海洋 人在流淌
在四下无人的飞奔中

久已沸腾
前往痛饮
往不知去向的前方

我给自己力量
是因为无尽的荒凉
纵情飞逝
失去了
因此被点亮

早晨有冰冻的海浪
我感激 有知觉的皮肤

然后放弃

那些本不属于希望的力量

9.26

香烟的魂灵

把生命烫一个个小洞
睡着燃烧
万物滋生更新的万物
裂成更细的旧物

那种吮吸
就是呼吸
我们何以热爱灰烬
喜欢操纵一明一灭的焚烧?

躺在近窗的软床上
正午的阳光直射透皮肤
我想起昨天像头当路睡着的猪
知觉着什么

天河与四仙女

仙子在瓦砾上跳舞
她们用理石雕成 胸前结满冰霜
长身赤裸
白羽翼的大雁和水鸟纷飞

她指尖所到
开出凌空飘逝的花瓣
寂静叮咚碰撞
旋律被风收藏

肢解被宰的牛群在白夜的空中成云

圣洁是宽广无尽之路
遍地澄明
有时燃烧的天马嘶鸣驰过
映红透白的河砂

河鱼吐出气泡
鱼群莹润的脊骨流往春天

她们的土地生长朝天的麦子
金色谷穗四溢清香
这是初冬的下午

欢笑和虚无比翼翱翔
她长发松挽
面容整洁

弓背的沙鸥依偎在伴侣身边
大海覆盖世界
她优美的肩头安静如秋日
嘴角幻梦
醉卧在海浪最蓝的波涌里

芦苇清甜
哺育众神
泥浆冲向分裂的弯道
玉石大大小小翻滚
沉积于沿路水下
岸上大叶的高树得以滋养

有时昼夜的雨露淋湿
林间跑出印玫瑰的小鹿
那位最轻灵的仙女就伏在它背上
鸟兽都放慢下脚步
银莺低唱
——等待她的醒来

2002.10

船尾有鱼群

站着挣扎
感谢每一个底潮的恩惠

伏在甲板
脊梁晒成黝黑的
尾随不舍的鱼群
它们的风暴冲刷日光
这里一切的辛苦
是波浪
劈开
从船尾走了

航行在自选的航道
感谢此行磨难

沏一杯温暖的石头

寒冷冻硬下午
心里是一块整洁带斑的石头

我到窗外
稀薄灰白
感受到阳光

看见推车飞跑的小贩
我知道那些流离的一切是我
在深冬
野花失去它的淡彩

树林轻轻波荡
有的人走过却听不到

到树林中
进入层叠的颜色
给天以枝干
怀恋美好
感谢光阴
面对真实

一身光洁的皮肤
也心爱光洁的一切
也爱肮脏

无尽的争辩生在路上
大家是漫无边际的长诗

10.10

我们的伙夫

我们扛着刀枪
他乐呵呵背着锅
谈女人 编笑话 有的太过庸俗

他不结交
不为某人做饭
因为告别时
回来时
只有陌生带血的手来要饼子

他做大锅菜粥
敲着铁勺
唱流气的荤曲儿

他冲上战场死去
有时他想
我也该为杀我的兄弟蒸一笼馒头吧

10.17

队长和军妓

冬天作战的艰苦只有握铁戟的人明白
雪下来
身体里外都是铁甲
故乡三月阳春早已成梦
将军们浴血搏杀
我们跟随

我没有麻木
双手如铁
扎营的时候
在冰河如银的西麓

战士们蹂躏外乡来的姑娘
她的同情流不出泪
对于发生的一切
每个人
都如此奇怪
队长走时
也一样

上万年没有进化
夜晚在天一角

士兵的野蛮日复一日

我自责
又微小
创造光亮的走法
越显纤弱

今天大雪纷纷
崭新一片
她抱着随身的花布沉睡
风声落满我们透明的营地
我睁开眼
赤练山纠结三千里
从此过路

风 车

我在低矮的山坡上

我是安宁而焦急的人

山上日头老高
山下没有村子

也没有行人
我站成了石头

脚边是荒草
心里坚硬
风沙吹大地的脸
我是大地

记忆会随风而去

听不到谁
我只是大地散乱的头发

原来
就是这样一场空等

10.18

它冷不透我骨头的刺尖

也有日光
虽然日光一样冰冷
鸟儿蜷缩在窝里
心温暖干燥
饥饿在城市中央
城市边上

我奔流时散碎
模糊了霓虹灯

奔跑向人们
冲过海市蜃楼

我喘息 望穿了四周
再奔跑
再喘息
我信人间的善意

更清楚转眼间的亵渎

路上有车流
灯光和星光接得很近

我和你贴得很远

圣 母

没有海风

没有地方

没有祈祷

生活四处游走

——不是赞颂你

我需要你

你的眼睛

手指

手掌心

我想睡在你子宫里

孕育美丽

下部 山和水

山和水

我见的高山,不论高矮,对于我都足够了。

它们土石筋腱,不通人情。它们如歌。名山野山、公园儿里的山、沙堆、小丘,都是歌儿,我都倾听。

它们是风,都吹过我。

大山里的溪涧清冷,不比洞庭湖,更不比太湖。有次我从小市收到一柄熟铜镇尺,上面有四句写山里的水——

山中有流泉

百问不知名

映地为天色

飞空作雨岚

不知哪天丢了,有时想起来空落落的,不过无所谓,它们总会在属于自己的某个地方;自会流淌。

这些山水流淌着,空落落的属于它们自己的某个地方,不一样的清澈,都是可以倾听的歌、和吹过我们内脏的风。

我们走路的始终,它们是始终的路。

围绕山和水,我希望不会忘记:我在属于自己的某个地方,倾听;自会流淌。

如果明天晴朗,如果明天寒、暑、阴、雨,我会去有山、有水的地方。

10.29

门前的树

我并没真正注意它们，写到普通，才利用一下。

它们就是这样活在别人眼里。

它的枝条随便生长，叶子散乱，它是无情之物，差不多的地方，路和门前都有几棵树。我想说，树确是无知。

小时候惶惶地等待长大，树影现在想起来很有兄长的样子。

时间去了，路旁还有树，永远不同。

这些孩子，老人，家事，从没在乎这些傻大憨粗的木头。树在我们窗外，下雨下雾，尤其如此。

无可表述的，它们没有精神，我的意义不是它的意义。

我和它们。天天从它们眼下走过，从不真正关心它生死，抬眼、满目就只有别的，即使它们的身体占满景色。

有一种温暖，不拥抱流泪歌咏的冷漠，比什么都实在、永恒。

2002

来到半山亭

心情舒展,筋骨懒洋洋的有力,好像又在生长。今天爬过索道远离游人时天刚见亮。

只见浓荫和杂草。

这里是半山小路,抬眼,是半山亭。

碎石台阶粗略天成,三两步进来,亭中微闷。它面对城市,城市大部被高草遮挡。亭内声响稍聚,显得无隔无阻却与外界大不相同,骤然沉静。有风穿行廊中,去了千里之后,没人知道下落;山雀健美匀净,咫尺而栖,我对视它毫发微末的端详。

坐久了,把围腰的绒外套穿好,全身恬静,懒得再走。这时日出后的太阳新整温存,照满亭内外。

11.3

冬天吹过光天化日

楼道回响着脚步声,这是我们的城。

向上向下,有趣地徘徊。我们通向根本不同的世界——即使同一家人。

这些我们心爱的建设。

归宿的通道。

标着自家的门户。

黑暗时亮起廊灯。

北风鼓荡,经久不息,我身边过去太多人,老太太的三轮儿艰难到僵化的大腿,正移动全身压在一侧的脚踏板上,后面座位里的小学生欢叫着骂人。

北风一阵阵乱扫,冬衣勉强抵受,蓝天下断叶如花翻飞,颜色单调,美在它的运行。我明白——风就是风;树就是树;我就是我。

氧气新鲜带沙,阳光正在午时,寒冷干砺每一个独立的物体。我们有什么不能原谅的呢。

2002

广化寒衣

十一月五日，阴历十月初一，烧寒衣的日子。

姥姥姥爷，爷爷奶奶，老姥爷，每人一个印冥文的口袋，这些与时代莫名隔阂的东西带着一种沉默、诡异，仿佛让人触到土一般实在的某种真相本身，这些给亡魂过冬的薄棉衣是妈准备的。

后海沿路缠绕淡金的灯挂，夜晚在风里，路上平坦。

近广化寺时，胡同幽暗，左拐，右拐，会在某拐角无意碰见个人，站在几套寒衣的小堆里，问："要寒衣吗。"

寺内渐顿的人气和光亮，来来往往尽是受苦求救的众生、间或拿腔拿调得悟的表情。主殿香炉角上堆满寒衣待烧；另一禅院内，正集会全院僧众为今夜的"功得主"们逝去的亲人超度亡灵，梵音妙法，来去飘渺，冬夜的殿松瑟瑟，佛子门的唱颂呜咽低惋，诚感慈悲，偶有南海传来渡人磬，恍闻西方极乐木鱼声。

几个院内公务者架起两口大锅，开始整袋地焚化，人们聚拢来，火光温暖；小女孩儿懂事地闭着嘴，但尽量靠到最前，脸上兴奋；火烧得零乱又热烈，人们向着它的心。几个居士因懂行、极不和善地规划区域，驱赶敬畏无措的人群，引起不少反感，于是每句驱策前熟练地贴上一句"阿弥陀佛"。

我和妈相扶着走出来,没等烧完。那要到很晚以后。后海在冬夜黑成一体,只有风。只有树房巨大的倒影让人分清水界,天笼中渗满熟褐色、宝蓝色、认不全的暗红色,水面上遍布烂蛛丝织的金铂——那是沿途灯挂迷人的倒影。

后海边的小清真铺户里,妈和我,买了碗热杂碎汤喝。

11.7

海 岸

昂船洲的海岸，我看着它的浪涌来。

看见不远的码头停泊货船。高架和集装箱艳色斑斓。

也不能确实表达它们，潮退下去，我将它们装在眼底。

天地间蓝灰的迷雾，没有遗漏、饱含着，随滑翔的黑雕动荡，岩石一半凝滞在海里，一半在风里。

一浪又有一浪，潮汐进退反复，岸边的小蟹被我们捉来玩耍。

2003.3 香港

麸 子

麸子扛不动这么重的戈。

这是夜晚,又是北国深秋。

我不知道这个士兵为什么走在我心里,那时他饥饿疲惫、脑中空洞无物。队伍漫长、透过黑夜,夜是不响的心脏,只有大地起伏单纯的勃动。他们的蠕动,晃然间已分不出是否人间地狱。

麸子扛不动这么长大的武器,到处是牲畜的体味和喘息,前面无数黑洞洞的背影,巨大狭长的兵刃从头颅突兀斜上,枪头林立于高空,自己生出冷淡的芒。

这是奴隶和战俘组成的前导。没有长靴铁甲,降兵被剥光后在脚底裹满草绳和布条,也已烂尽。这些活人苦不堪言地奔行,有的想起故乡的阳春。

他们被称为"垫蹄军"——用来消磨敌人的武器。

他们的身体被黑夜攥着,攥得没有了热和血、没有了内脏,剩下皱裂的干皮包裹骨头,虽然无尽的天地有无尽的力,却再也攥不出他们体内一丝温暖。四下黑得奇特,只有黑影和黑影、闪烁重叠着晃动,一在深海,一在冥界。且跟随着,一息尚存,被欺辱、欺骗，也会趋从短暂的安定。

永别，你们是草，是我去年撒种随手扬开的草籽。

麸子这样想的时候正和九个人走在一队，一根锈铁丝穿过他们的琵琶骨。

夜映着他们突出的眼眶。

走着，寻生，也在等死，所有声色都塌陷在这眼眶。我的早晨淡而平静，远近都在流淌，阳物向胸腹雄健挺拔，坚韧的沉默，窗外灰白，躺在麸子眼中，光滑的腰肢舞在秋凉中。一队又一队的征夫开始加速推进，长矛直指胸口。

对面也是黑压压的躯体，令人生畏的干瘪，像这个季节里的饿鬼，一双双不成人形的脚是撕扯的狼爪，凝结污血。

他们就那样冲杀了一阵，和林莽一起烧成荒芜。焦炭的横木上零乱的火苗、寂静飘摆、炙热残留烂漫——那是千年封冻的严寒。

麸子，谷子，在泥里睡作泥土。

2003.3 于罗浮山

圆珠笔组画《征夫日记》

阳光灿烂方韬2002.9

狂人日记——345

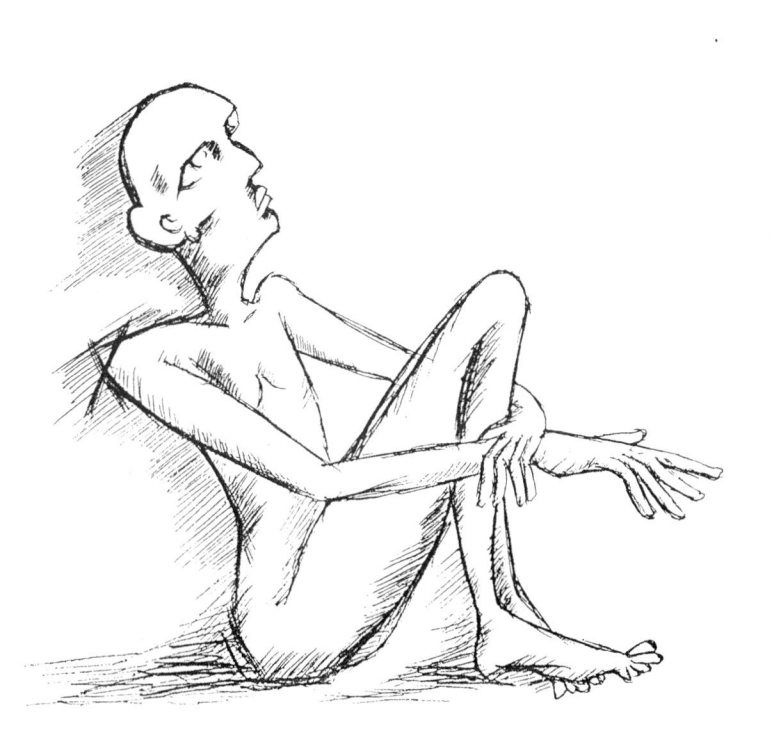

大龙 2002.9

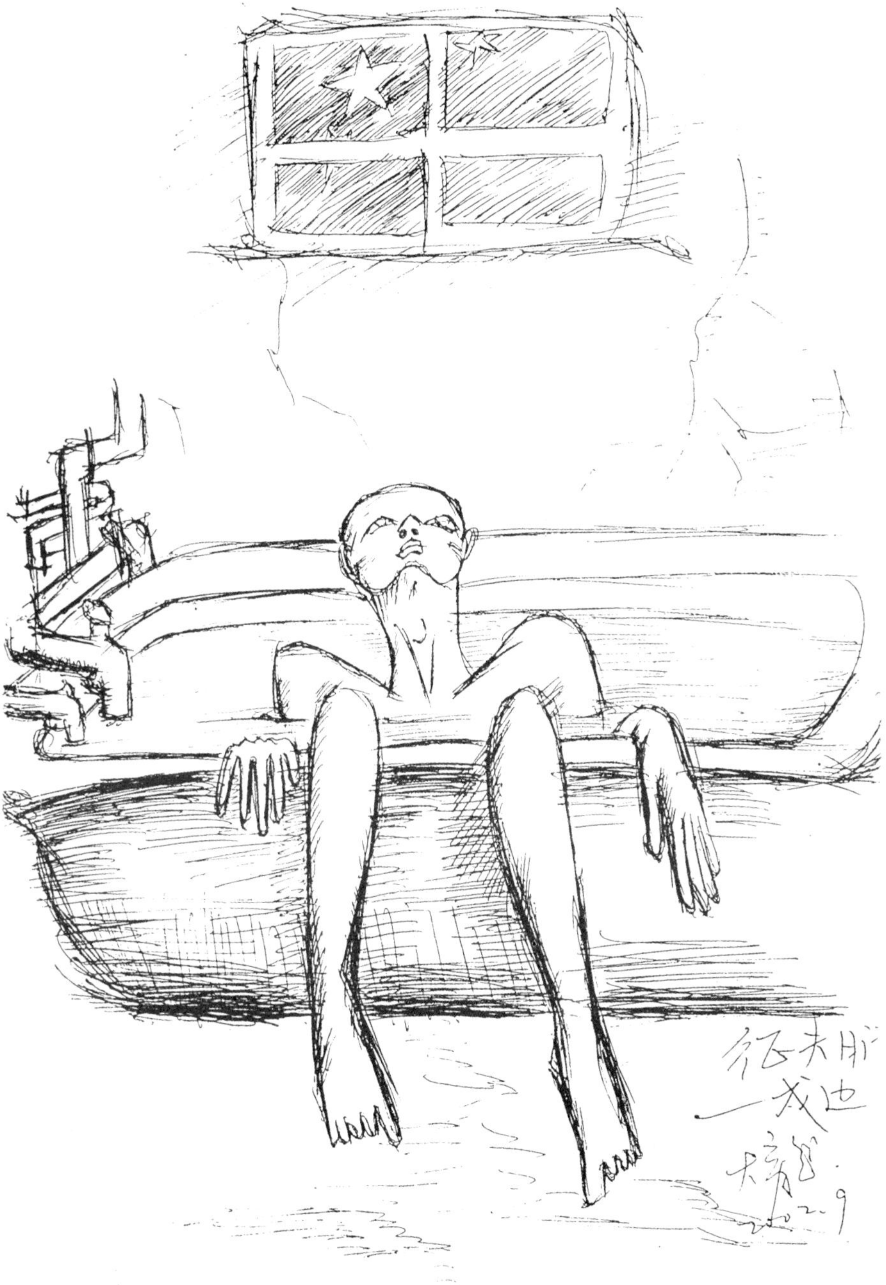

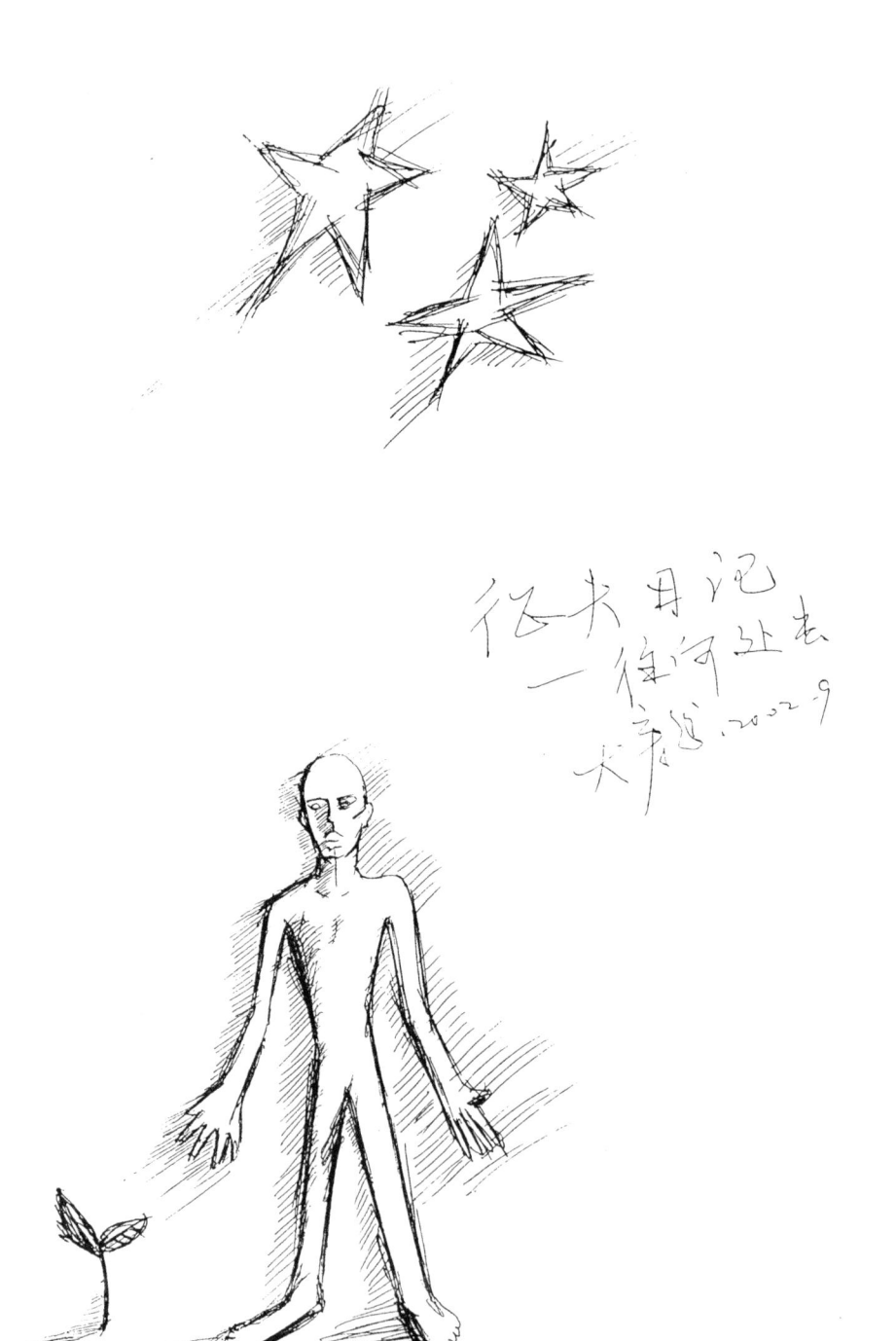

徐志摩日记
一条何姓去
朱新建，2002.9

征犬日记——今晚露营，看星星。
大冠 2002-9

夜起
大龍
2002.9

征夫日记——回乡
大龙 2002.9.

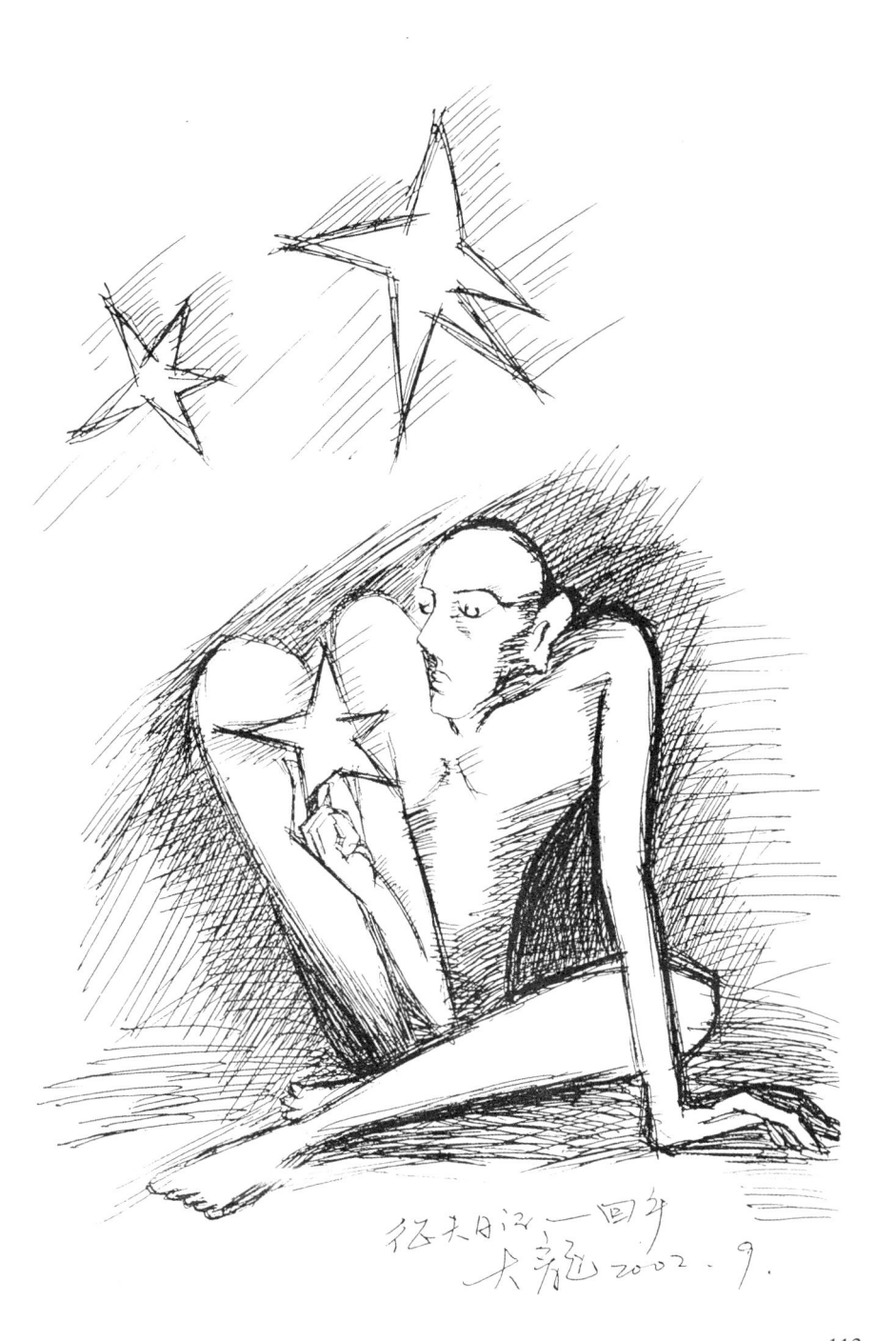

门·大雄·2002.9.

Q姑娘的海滨 大龍 2002.9

一米光亮
2002.9

神曲
大龍
2002.9.

极美的歌儿

2003

樱 桃

味浓
色浓
妄想　生出夏
红绿　燃烧我

得失
绝对
脆弱　包裹着
颗颗　等结果

2003.7

雪 路

雪天
有些失去过的会挂在天边陈列
都在冰鲜袋里封着
冻得很硬很硬
人素裹相交汇
一定要分明的
挽回他们自己的　上一步

雪下到街以外的地方
不再像雪
沿着路走不知名的路　不知所以地走

总要走上一条路
雪积压在地上
——我们都如此积压
总要走上一条路
雪不停　路也不停

2003.7

半夜了

雪原上那列车
在天地间缝纫着
然而没有什么被弥合
也没有什么被刺破
它没有带线

这条没用的拉锁
一看天黑了　高兴了
玩够了
冷笑着越跑越远

空荡的心
便给它一个又一个山洞

这场活着的角逐中
我们的颜色与夜相仿

2003.7

极美的歌儿

我要写一首极美的歌儿
它温和
它死等
写一首极美的歌儿
成一条路
我这样想
但没成功过

去它的
——极美的歌儿
别来搅浑我 跑调的一天

安阳六曲

其一
到底相思镜中景
如昨窗前
如昨窗前影

其二
民夫走卒之路
身身何住
多半是非务
常苦

其三
七步到阑干
曾是安阳主
代有新都驱毂

聚散也
凭勾牵

其四

自度函关

唏嘘短弹

金袍人瘦

早还

其五

不必

沥肝肠

如今燕赵久无歌

其六

人吹箫短

陈词调

9.3

偶近山花春
福生不须庙

杂花诗册

2005—2007

杂花诗序

居中所栽,皆无名花木,非花无名,是人不识。

牢将盆壤抱浮生
一寸短歌一寸风
身寄百姓寻常处
惯把春秋一笑中

是为序。

乙酉春

吊兰赋

昔日也得屈子赋
今世红尘盆里埋
为此生涯添新叶
一头乱蓬半悬空

明　窗

人生三万日
伏案扫落花

茉 莉

晚来风雨一时晴
新萌旧堕焕华英
蝶去心知必相忘
不辞百转向花忙

秋风辞

菊花寂寞老弥坚
懒披绝色轻罗衫
旦暮亭亭迎霜至
闲看虫蜕迹斑斑

题野寺

旧影婆娑何来径
今至疯癫始轻盈
迷花路转几千番
尘里尘外又一程

船 歌

远目山影
江花照行
云飞竹乱
天水流声

平 怀

一钩无挂处
千壑直坦途
问山听山问
爱眠懒种花

农 歌

把壶酒
轻戏言：
风吹雨过荒耕田
秽杂无形生遍野
禾苗清疏道何艰

注：薅草，农人杂事。2000年于河北农村劳作，农活平日一大事，就是薅草。禾苗要疏种，娇嫩无比怕这怕那；草却密长，顽强如魔，必抢养分而逼死青苗。明明连根拔起的草，半天就复生露头、一经雨更是吓人，昨天拔净的地，一夜又成荒草坡，接着拔——农民戏称自己"混草虫"，自古农家辛劳，可见一斑。

笔会赠福建茶舍友

入闽馺为龙
逢贤始悟空
白马滩头客
乌山脚下风

注：福建人自嘲，门内是虫，出门是龙。偶入闽地，友人茶舍背倚乌山，临白马滩，因题茶语"和静清寂"口占此小令。

读 画

寒林失本色
野物乱扫坡
松高停妙法
影残侧鱼窠

过无名山道

浮云过涧
松立鸟猿
欲访长生
青青一线

题墨芹图

平生几茎事
坦腹颂凿光

题杂花短句对联

1. 别样一种清

(题杂花)

2. 淡是水精神

(题杂花)

3. 天清秋逸君何在

  布衣士骨晓风中

(题竹)

4. 市桥野渡曾相见

  寂寞国里花中王

(题杂花)

5. 凝万种风华

(题花)

6. 闻市声而慈悲

(题杂花)

7. 尘法周遭尽归途

(题花)

8. 一颗一赤诚
 (题红豆)

9. 一波三折清身影
   曲尽山河画图中
 (题杂花、梅)

10. 峰叠重翠
    峭骨一天
 (题山)

11. 拔千奇翠
    四海高蹈
 (题山)

12. 阮生酒盏今尚在
 (题杂花)

13. 此间且为等闲事
    看尽春花不知年
 (枕云居联,题落花)

14. 一窗冷月
 歌送鸿音
（题杂花）

15. 偶有南海传来渡人磬
 恍闻西方极乐木鱼声
（题寺）

16. 老根藤，长短随人
 囫囵气，内外圆虚
（题葫芦藤架）

17. 一笔书来唯求是
 不存半分媚好心
（写字座右铭／题花枝）

与琴妻

凉夜彤云皓玉白[1]
一指贞静与君倾
狂言未歇复散漫
我意浓时君亦浓

切切无闻磨厮鬓[2]
会无声处却有声
知是春冬薄情早
秋风辞罢醉听蝉

只言半曲意足竟
何必纷纷尽青山[3]
我折蕤宾长亭柳[4]
清商捣杵万古寒[5]

人生有幸得知己
当路执子且簪花[6]

注:为第一张古琴"去尘"作。

1 皓玉白:指古琴上螺钿镶嵌的十三徽。
2 描写古琴的吟猱绰注等手法产生的丝木之声和无声留白妙韵。
3 青山:明朝徐青山,著《溪山琴况》,详尽总结论述种种手法技法。也可就做青山隐隐理解。
4 蕤宾,清商:中国古代调式。
  长亭柳:泛指《阳关三叠》《忆故人》等离愁别绪的曲子。
5 捣杵:泛指《捣衣》《长门怨》等怀人相思曲子。
6 簪花:比喻鼓琴状,特别泛音时如凌空簪花。

江南四令

其一

秋日短

花香

雨初骤

寒凉

江南样

新人旧人

开口便道

断桥

孤山

其二

江南样

碎语不定

枝枝末末

夜初凉

正羁旅

酒解不得

故事人心

远近灯火

其三
才恨情
又念春
只是风一过
就换一池波

其四
一路人行莫相畴

2006.11 江南

离　歌

一旦离伤
终无所将
十日七醉
思惚神恍
从衷来
终无所将

2006.11

砚 赋

镇几冰盘　九湛弥精
田心濯灌　砥砺耕行
静皈磐舍　垂渊映雪
守默循常　湮杳同尘
怀实抱谨　揣摩箴之
合道日损　从坦与真
载污载浊　析出五彩
含浓咀艳　焦苦自知

　　生涯常作沉吟，瑟瑟入微。若瞻、若想、蕴藉然。伴松烟，收拾旧影。发深流，雁去雁来。

　　香花澡豆，椒框檀房亲见；沾襟珏佩，涎麝铭心惯常。

　　坠珠荷桥与士俦蛙蟹；落掌精工临危振刑名。沉沦大梦兮，膏粱必付粉黛卿侬；草拟开辟，群蒙竟龙蛇灞桥。

　　文昌行驻，自古市、野、朝；人仙雕勒，难免妖、牛、狗。

　　沧浪闲说，渔父相传屈正则；泰岱谣赋长城谣，百啭只作五噫歌。为人一世之牲驾，盘桓消磨终老欤？狗苟蝇营，灯如一豆。

　　昔樵子负薪作柯烂之观，老生高卧，煮茶煎汤，不须一字。

　　生涯复其生涯，不过长物一件！

偶得轻敲　闻声律谐
凝重掇采　触手婴胎
诚诚赤赤　怀其所以
金石斧劈　历雷火劫
终陟高堂　伴读明窗
开阖心源　匡主端方
箪食穷居　不昧富贵
寸止灵台　照榻秋霜
稀有我良器！
悦彼坚脆
养正顽愚

2007.3

对无名氏或前人联

1. 出句：李白居易水

   山对：苏秦舞阳泉

   （含李白、白居易两文人，易水一地名）
   （含苏秦、秦舞阳两剑客，阳泉一地名。且按繁体字，阳泉二字包易水二字）

2. 出句：强弓射硬石，弓虽强，石更硬（拆字）

   山对：枯木共香禾，古木枯，禾日香

3. 出句：四维罗，夕夕多，罗汉请观音，客少主人多

   山对：工页项，日日昌，项羽战刘邦，楚灭汉王昌

   （拆字"罗"繁体为上四下维）

4. 出句：前思后想，读左传，书往右翻（方位）

   山对：南来北往，取西经，道向东传

5. 出句：架锅炸冰块（五字偏旁含五行）

   富对：铁板烧河蛙（以五行对之，野炊完满）

6. 某绝对：烟延檐沿掩燕眼（声韵）

   山　对：想向乡巷享祥香（音韵。言志）

与康欲乾对句

（注：康欲乾君，名珣，回族，良师益友）

1. 康出：和尚把书合上（同音不同字）
   山对：宰相以舟载象

2. 康出：经济人学经纪
   山对：苦行僧受苦刑

   （两字同音一字异。康上经纪人课偷发）

3. 山出：炉边一驴，驴吃炉边榈（音韵，拆字）
   康对：风中两凤，凤在风中逢（工妙）

4. 康出：看雾里花，眼前花，镜中花——勿戴眼镜
   山对：登玉泉山，九华山，天台山——欲上九天

与康欲乾友雨夜笔会对联

1. 康出：雷鸣，灯明，人不名（鸣、明、名）
   山对：墨生，凉升，万籁声（生、升、声）

2. 山出：夏长，夜短，雨无昼夜，不分长短
   康对：树高，根低，鸟落枝干，难定高低

3. 山自撰联：雷音光明，疑是法界，不见如来
              水帘泻地，福比洞天，且慰心猿

4. 山出：诗书常入窗前砚
   康对：风雨难锁居中仙

5. 康出：举重若轻，根根毛发皆是戏
   山对：避实击虚，道道法门通自然

6. 康出：乾三连，连天下三分：魏、蜀、吴
   山对：坤三断，断人世三惑：贪、嗔、痴

7. 康出：牲口棚里，"大畜""大壮"，"小畜""大壮"，"大畜""须""比""小畜"壮，"大畜""送""同人"，"小畜""送""家人"。

山对：方寸心中，"大过""大有"，"小过""大有"，"大过""屦""随""小过"有，"大过""生""未济"，"小过""生""既济"。

""内嵌全部为易经六十四卦名。"须""送"为音同字异，卦本为"需""讼"，为句意通顺故以易卦名对之，同位"屦""生"也为同音异字，原卦名为"履""升"。

8. 康出：草书不草学羲之
   山对：行书不行数大龙

富山绝对

知了能言:"知之为知之,不知为不知,是知也。"

与韩雅晖友唱和

韩雅晖出《天仙子》上阕：
缘起江南六月景
扇卷飞絮烟波行
一曲留君舟迟迟
箫声轻
梅雨定
落花飘红香满径

富山联下阕：
怀君八月秋江亭
署字梨花白玉屏
天增岁月人莫莫
是谁立
无名影
手把帘珠一串清

2006

打油诗——敬老文

父母年老昏聩，行为颇多颠倒，
精神肉体脆弱，已是不堪一击，
小学几年水平，粗糙下里巴人，
然尽虫蚁之力，车拉如山一家。
绝无大儒层次，时有不可理喻，
归根一介布衣，毕竟无愧儿女。
七八十载苦力，还有多少乐趣，
老友知音至亲，零落飘蓬无几。
不是不学无术，并非无德无能，
清白一技工匠，全靠劳力养家。
只懂电视报纸，唯伴粗茶和墙，
我们见多识广，如今半句已多。

劳碌人常烦恼，平头民总煎熬，
鸡毛蒜皮生事，市井百种吵闹，
大师教授高知，真又好到哪里，
龙女反哺乞父，天子不辱村母。
智慧博学大士，往往和颜倾听，
一颗高贵心灵，首要慈柔寂静。
所谓长久夫妻，细数不过几年，
真算老人见面，足可以天计算。
共勉兄弟姐妹，事忙不必回家，

一旦高堂相见，分秒流逝珍惜。
整年究竟相处，不够友人聚餐，
何妨温言笑语，哪怕一出短戏。
愚老痴汉而已，于国于家无害，
何苦匆匆一面，遗赠冷酷严霜？
老人在而为家，去时鸟兽四散，
愿共留些纪念，一周半时几分。

老来你我孤独，也回忆点，
好时光。

为程然诗集《无人看管》作序

程然的诗,应该直接看正文。

一切序言都该免去。

至于从前顺序读,随机蒙着读,倒着往前读,则各有微妙。因程诗自由,自在。

程然邀我作序,我是非常局促的。一再要求放在书最后,充作一篇读后感,才不至冒渎诗文朝露上的清洁。

这部集子与汉代的鱼戏莲叶东,鱼戏莲叶西……民国新诗那些源头处的简洁,无体式却暗合格律的简穆与童真,天机奇趣,草木之美相印。绝没有玩弄禅意,似乎与《呼兰河传》儿童眼中变幻的云是小姐妹。

我臆想程然眼中,着墨处与裁剪处,未尽处,并无不同;诗与非诗,平等无碍。

如程然所说:

日可采云

夜可摘星

感谢诗人给读者以轻云可卧。

我的语言,则属多余。

短篇小说 计红梅 2005

计红梅

——只是往下走,草草速描

引子 到远处谋生去

小同离开她的大城市,在地图上找了个写不下字的地方。住下了。

第一个半夜,小同失眠躺着。叫不出名的气味;旧家具耸立着;黏腻的潮湿忽温忽凉。小同觉得自己是发霉仓库新扔进来的一件东西。

后来嗅觉听觉都模糊了,第一个情人把她带到那个公园,握着她的手,好真实的手啊,她一下惊醒,摸摸手腕,真的有温度。小同立刻打开灯,这个屋子,太陌生了,暖瓶为什么在门边?床单被罩磨得她起了一身鸡皮疙瘩——没有窗户,也不知几点了——她才想起来,是为了防止有人进来自己放在门口的。

第二天,她的房东进来,踢碎了暖瓶。

城市小的缘故,步行半晌,已经一一记下各处转弯。小同提着新暖瓶,又停在中心街那个水泥飞马前,这个飞马好难看啊,小同没学过美术,也不能相信这么奇傻的东西可以成为城市的标志物。花坛里的盆花只有些烂根,插着又脏又旧的假葡萄,牡丹,红的、青绿的烟盒,塑料袋子,瓜果皮,等于是个垃圾站。几辆"残摩"零星聚在飞马南角,有人围坐着打牌。

第一章 计红梅

一、小同定居

"计红梅,男,三十九岁,原河泉子市第六卷烟厂第八车间工人,下岗,开摩的。六月五日下午在里弯走丢。身高一米七三,短发,穿黑裤,浅灰格衬衫,深棕色夹克,精神正常,发现请联系,电话××××转某某,地址云云。"这则寻人贴在小同随眼看见的地方,飞马的后腿和祥云底座上就有三四张,其中两张被撕掉,一张被小广告盖住。

小同走下小街,左手是市里最繁华的商业街——虫道——可并行三辆摩的,有十几家饭馆,几家服装日杂店,五家卡拉 OK,两个洗浴中心。店前路两边的菜果小商品、旧书音像杂摊子形成两条长龙。小同跳过一家宰活鸡鸭的下水沟,进了"君君卡拉 OK"。一边录像厅临街的音箱里电吉他狂吠,枪棍人声正打得热闹,港仔某正低吼:"歹佬,海宾多?"

成子瘦小,一头刚染的黄发,抽着当地的好烟"泰来"。

他叉着二郎腿,抽几口,腿一直抖着,挺认真思考着。小同在对面。小同画了妆,长头发遮盖了耳颊,不时抿抿唇膏。腿绞着直伸到桌下,手里玩着黑丝绒头花。

成子的当地普通话,小同听着很费力:"那没办法,那这不是我做主"。

小同:"你说你做主啊。"

……

小同又问:"那谁做主啊?"

成子抖着腿,玩儿烟盒。

小同也点根烟:"我先试三天,不要钱,行再聊。"

成子:"那不是我做主呢。"

河泉子市人口不稠密,九点多就已关门静街,虫道夜生活却可以到后夜。小同来河泉子第四天,在君君卡拉OK上班了。这天回来已经凌晨,黑暗中起夜的邻居妇女,盯着她,像只暗中蹲守耗子的猫。

每天睡到下午,小同上街买菜,楼角几个男人妇女老太太,也瞟着她嘀咕。小同来到外弯,这儿的日杂便宜,有三五个农村卖鲜货的不定时来。今天运气好,十几块钱,有鸡蛋有青菜,葱姜,泡笋子,另外又买了菜刀和洗菜篓。铁锅实在拿不了了,小同看见了摩的。

"河泉子三宗宝,小姐、摩的、哈巴倒嗷!"开摩的的乐着大叫。

"哈——巴倒是什么?"小同看街划过。

"哈把!把用把行的把啊!"老头差点把肺喊出来,小同才明白是"不"——哈不倒——是一种当地祖传的咸菜,小同前两天吃过,类似北方咸芥菜疙瘩,据说这地方饥荒年没东西,上山找到这东西可以救命,人就不倒下,"哈"在当地方言意思暧昧,小同到后来也没弄明白。

二、名人计红梅

小同在床上看杂志，实在太暗了，她想，明天要买个台灯。那个小电视一打开，本地地方台最清楚：男主持像只小病鸡，却活蹦蹦的，使劲犯鸡贼，他一搞笑，导播间控制室之类地方就扭一下笑声；女的装着不懂，用手拍胸口：你搞什嘛！！控制室马上扭两下。他们普通话标准，举止也是全国流行路数——他们一起伸出食中二指"耶"的时候，不知为什么，小同就像看到他俩在里弯街上用本地话说："来半斤哈巴倒！"

真正认真看计红梅的寻人告示是在君君卡拉OK的后门墙上，大家常去那抽烟休息，小同让凉风吹吹头，酒热散一下，抬眼就看见计红梅黑乎乎的头像无神地看着她。

男人叫红梅挺怪。在他脸下不知道谁画个歪扭的女体。

有一次下班回家，阿桃和猪猪几个打闹，亚枚叫："计红梅！"然后几人狂笑。

没人知道计红梅，但这个人一度成了某个笑话，虽然小广告不久就被清除，计红梅的玩笑却在小姐们之间流传着，并衍生了一个系列。混蛋的成子他们会不时说句"哈计红梅去！"作为包袱抖，必是哄堂大笑。先是虫道五家卡拉OK，后来是洗浴、超市，连外弯的卖鱼农有一次都对砍价的小同说："要不你哈计红梅去！"

三、计红梅家人的抗议

小同天亮被阿桃几个背回家,就那么趴着睡到第二天下午。梦见自己飞离地面,浮在那儿,一阵狂喜。她对自己暗示:"放松,放松,越放松就像呼吸那么自然、飞得越高。"她试着手脚划动,向前了,和水里一样。她一下飞过里弯,擦着飞马巨大的头过去,这回看清了马鼻子,雕得可真难看啊。抬起眼睛却是自己的家乡,她胸口几乎窒息,紧张得差点从高空坠落,可风,偏偏把她吹上了自家的街道。

醒后的小同久久陶醉,那感觉居然保持了好一阵!以至于发现自己并不能飞、究竟是梦的时候,已是下午三点多。

小同去里弯最好的洗浴中心洗澡,在姥爷面馆要了一碗哈巴倒烩牛肉丝浇面,饭馆电视小鸡搭档惹得老板和几个吃面的一阵阵笑。他请到一位省里近来很火的大腕儿,正在一起朗诵徐志摩,小病鸡突然一个极妙的暂停,黄金秒数后,流氓般抖出一句:"哈巴倒噢!"现场顿时无法控制,控制室里拼了命地大扭特扭了笑声开关,大腕儿看准时机、土匪般补一刀:"哈计红梅去!!!"河泉子市沸腾了。女主持丝巾沾眼泪,十指撑眼角,捂肚子揉胸口,猛捶小鸡背,第一黄金娱乐主持形象顾不得;小鸡弯腰似吐血似瘟鸡发痊,背上挨着拳头传进话筒"咚咚"在各家各户的电视喇叭。

"哎呀妈妈!这段子您都知道,那您走遍河泉子市了!"

"不是外人儿了!大家说是不是啊?"

"是——！！！"观众大笑鼓掌。

"俺们河泉子都是亲戚！"嘉宾作揖拜四方。

几天后,河泉子市《河泉晚报》标出头版:

计红梅家,孤儿寡母讨公道。

大腕名嘴,四人沉默无声音。

四、小同回家

小同在长途车上,发车的一刻,她想到:飞。

在之后几个月的歌厅生涯,她没再做过那个梦,虽然她睡前常常希望在梦里飞,那感觉像真的一样。

有一次,河泉子市的干部几人照例来唱歌。

某副局摸她的背说:"小同啊,贵姓啊?"

小同说:"就叫小同啊。"

"姓小啊?"副局攥着小同手,使劲一捏。他的劲可真大啊。

有人笑着斟满酒。

"对啊。"小同微笑着躲副局后面的手。

"不会吧?!"副局很惊讶。

"还是姓同啊?"手又绕上小同肩、往腋下滑。

小同咯咯笑着:"痒!"但挣不开。

"真的姓同啊?同性恋的同啊!哈哈!"副局扑沙发另一头的亚枚。嗑着瓜子的在笑,唱歌的书记脸憋成肝色、用日式高低颤抒着情:"亭亭白桦,悠悠碧空,微微南来风。"

后来副局捉住了小同,对灌下一大杯洋酒后,跳起国标来。

副局五十多,身高脸大,像一种巨兽。他把小朋友似的小同搂得紧紧的,贴着小同的腰,手在动,脸在蹭……这时书记推开亚枚的扎啤缸、怀中的阿桃,猛地站起身,急吸一大口气,为最后一句"那就是青藏高原"向巅峰冲刺蓄足了势。

五、大城市变了,家还是家

大城市变了,日新、月异。

小同失踪案在公安挂了号,但爸爸没有怎么着急。小同回家,爸爸问她要钱,小同给了三百,他抬头看了一眼,问还有没有?小同说没有。他骂了几句就又打他的通宵麻将去了。

小同回到自己卧室,出走时换下的衣裤都还在地上没动。熟悉的气息让她心里发暖,眼泪流出来了。但她突然觉得这个自幼长大的房子比河泉子那间没窗户的发霉仓库更陌生。

好像仅仅一夜,被外星人掠走的平行维度之旅。周遭没有人发觉她离开过。

两周后，小同上午九点半来到"市界基金"。

把门的女孩子让小同填了会客单："白总在开会。"

厚重的花梨或紫檀的办公门打开，时已过午。白总白色棒球帽，耳机塞着，手里拨着电话，短大衣，就要离去。

小同跑上来简单说明，白总问明，批评了秘书，拿上小同的资料，说路上一定看，改天会通知她再来面试。

小同几乎一眼就认出——那个电视上说计红梅笑话被起诉的大腕儿。那一瞬间，小同才恍然确认，自己是真的离开过家，去过一个，叫河泉子的地方。

第二章 阿桃

一、和谁擦肩而过

阿桃初到"君君"时并不知道，一年前那个下午，成子，成了她第一个男人。

他不说话，要么一句说半天，不知想什么，却总在想，除了玩游戏就是玩牌。抽最好的"泰来"就是他的理想，每次凌晨，打扫包房里的金龙硬翻至尊"泰来"时，他会难得地说一句整话：这他妈才叫成功。

摸到阿桃床上，他都不专心，就那么不咸不淡地做了。

阿桃说疼，他也没话。

阿桃说："我第一次！"

成子说："那我不知道呢。"

就走了。

后来几次堕胎，阿桃落了毛病。

每次阿桃是成子亲自领给贵客的，阿桃的小费是君君最高的，相应地，成子抽水也抽得最多。

有一次，成子领阿桃来到最里的18包房，一个中年人坐在那儿抽烟。

成子说："大哥，行吗？"

那人也不抬头："行，你出去吧。"

阿桃照例坐下来搭话，那人只是"随你""嗯""啊"地应付，心不在焉。阿桃就自己唱起来。

那人就自己抽起烟，是最最便宜的那种飞马"泰来"。

烟呛得阿桃唱不下去，和他聊什么他也不说话。

这个男人只是一根接一根地抽烟。

后来他放下如数的钱。他起身时对阿桃很别扭地差不多是鞠了半个躬，好像还说了句"谢谢"。

163

二、河泉子市欢迎您

成子砸碎了电视，小病鸡正好"耶"了一声。阿桃只觉得嘴里腥咸苦涩。

成子拳头很有劲，打在腰里和脸上，过了一夜还钻心地疼。

一次，她下午起床前半梦半醒，闻到浓重的烟草味，好像梦到了那个抽烟的男人。她醒来，整整齐齐压在酒瓶下的钱，已被成子拿走。阿桃再也不能生育了。

"河泉子市欢迎您！"这是位于城市入口的大红绸布标语。如果在长途车里迎面驶过，它飞掠过顶时速度变到最快，视线里的天空将扑噜噜地红火一下。

第三章 我

一、魇行

我来河泉子市旅游带了简便的一个军背包，河泉子毕竟老地，里弯残损的古、旧式院落的驿站旅店、一两块的小吃，是旅游者的猎奇之地。我在"上阳驿"后院住下了。

当晚开始的一周内，我被一种叫"魇"的东西纠葛，我不信神鬼，但每晚十二点左右，就会清醒地睁眼，看见慢镜头的窗帘飘动，听不见风。

二、邻居大作家

在我们"上阳驿"外墙就贴着计红梅的寻人小纸。里弯街上零散的也不少。"摩的"号称本市一大支柱行业,它的兴起和大量泰来工人下岗据说有关。一个摩的车夫失踪本来没多大事,但君君小姐们的荤段子意外走红,更有白名人在"综艺我们哈"中学说河泉子地方话,计家母女上告讨说法,全市轰动,《河泉晚报》《法不倒周末》等重量级刊物跟踪连载,《情与刀》《艳史鬼故事》《明星当道》等小报杂志推波助澜,计红梅系列段子就又掀起一轮热度,眼看就站稳了河泉子市年度民间文化热门的一席之地。女性杂志《猫、猫、猫》等野刊,趁机爆料:《本市著名金牌综艺节目搭档——搭档?搭伙?》《第一名嘴情断计红梅》《淘淘上庭:我没和白姓某名人开房》。每天散报摊的小伙子喊:"台上搭档台下仇啊,淘淘死了啊,终于跳楼'综艺我们哈'再没处哈了啊!"

所以计红梅成了名人。计家案子由"泰来"烟厂赞助,飞马旁的最大广告牌打出:泰来——永在仁者手中。背景是泰来老总与计家母女的合影,裤子黑,标注人名身份正好,计红梅三个字尤其醒目。

"上阳驿"房东,本地人,据说本来是写作的,不爱说话,老是闷着头抽烟。聊开了又很能说,名词、主义什么的特别多,我都不懂。他很和气,也难接近,他对计红梅事件好像不感兴趣,他抽的是中低等价钱的"河泉泰来",他说不如以前了,加了太多香料。

三、我不是我

"你是上帝吗?如果较真儿,都是撒谎!"大作家说,"蒙在鼓里,道听途说。"

"计红梅的事您一点不知道?"

"那我不知道呢。"

"您就不能替他们呐喊一下?"

"那不是我做主呢。"

第四章 卡拉永远 OK

一、君君的覆灭

四月开始,计红梅名誉案发酵后,计红梅失踪始末,原因涉及泰来职工下岗、摩的行业规范、福利与保障等太多敏感话题。黄段子出处君君卡拉 OK 厅不断受到抽查,掀起了全市整理文明道德热潮,"警民齐出动,还我清河泉"的一个多月里,君君覆灭。

副局已不再接成子的电话。

那夜十点来钟,管片儿小江突然冲进包房,当场揪出在场所有小姐和客人,亚枚上前低声乐着:"江江,今天这么帅啊!"小江一皮鞋猛踢在她裆里,亚枚跪倒没再开过口。之后几天,几个小行动伴着的一次次大总攻,拘押了连成子在内五十多人,制造黄段子污染社会，损害失踪摩的工人计红梅名誉的罪魁祸首找到了——君君卡拉OK，彻底关门。虫道的洗浴，大小发廊，"天天""迷你""盼盼""夜夜情"四家卡拉OK，暂时关门，暗中看戏。

二、河泉子市的新年

小病鸡不在电视里蹦了，好像让成子连电视一起摔碎了；那个为白名人倾倒的女名嘴据说暗中一直是"泰来"副总。"综艺我们哈"停了，又另起了个炉灶"泰来哈不到"反而更火，控制室的笑声钮扭断了几个，换了"钛来"宇航合金把手。每位嘉宾在临走前都必要来上一两句本地话才算完满，讲得最多的还是"哈不倒"，照例笑翻现场，绝倒全城。

新男主持人叫步心，散步的步，心情的心，"每一步就是一片心情，每一步都是用心走出来的"。他以一个"综艺我们哈"忠实老观众的身份，第一次梦想成真、如在梦中、站在"哈"场上，控制着激动的泪、而终于没控制住。"噢买尬！"他随口说几个英文，然后，"对不起，我说的是，这是我的新年"……"介绍我的搭档，美女，依依！"真的，果然美好。

其实在官方，河泉子市的三宝是"河泉，烟草，哈不倒"，河泉子原来是个乡，自古可能是河泉水质或土壤条件特殊吧，总之本地烟草极其特别：叶片奇大，圆长披针，花筒一色粉白，腥红裂片，加之祖辈单传的秘制工艺。明清间，河泉子乡人全是烟农，世代养草制叶为生，所产之烟特贡皇家，史载烟从外入云云，其实是遮人耳目，机密关联甚大。与之相关的烟具等副产业在明中叶已相当成熟，"哈不倒"本来是一种烟具，后来人们发现用它改良抽鸦片非常好用。当地出过一位"烟圣"，所著《烟经》秘传内府，民间不得知。明代"亚圣"是个江湖郎中，更开创了一整套种、制、偷换、造势、推销的"烟道"。后来鸦片一事连带，河泉子的烟名按下去些，那个哈不倒烟具也为避嫌换成了咸菜。

卷烟盛行，河泉大小各种"河牌""泉牌""河泉牌""泉河牌"卷烟厂先后建立，后来什么独资合资一番折腾，几家大户合成以"泰来"为首的大集团。兴旺时，真是"祖孙三代搓卷烟、城隍庙里供泰来"。不景气时，下岗的人，依着旅游、大多开了摩的拉客。

三、文学，文学

我在"上阳驿"里最大的收获，就是认得了房东大作家。作家坐着、抽我送的软翻红盒"泰来"。我很想拜师，虽然没看过他的作品，但是这个人的谈吐，让我相信他很厉害。

"你听说过计红梅系列吗？"他问。

"哈当然了！老计买烟、红梅之夜、淘淘卖血、综艺我们仨……真绝。"我笑。

"这就是文学啊。"

他又开始糊弄我。

"真的很有文学性。"作家的眼光萧条。

我已开始后悔给他买那么贵的烟，慢慢看清他的嘴脸。骗房租还骗烟抽。

他看着我,烟蒂停在指间,烧散起扭动的烟雾,弥漫开。

"我写过一些东西,美文,还有针砭时弊的,看了很多书。但是折腾了半辈子,还是这几间祖宗的老房子救了我,成了个旅馆包租佬,骗房租骗烟抽"。

我一惊,他会读心术吗?

作家笑笑:"我其实学过一段道术,最想学的就是读心术。"

我胆战心惊地看着他,使劲停止任何思想。

"知道为什么?我想如果我会读心术,那时看到的世界,才是真的世界,我只要稍微记录一点,再用十足的现实给它这么一搅和,天呐,那可太文学了!"

我觉得有道理。

"可是后来我就不学了。"

"你师父也是骗子"?

"不是。"

"那怎么不学了?"

他一口烟吐得又深又长:"你知道吗,很多人以为,通情达理。可是,你见过几个用着情又讲理的?而理真通了,情就不通了。我是怕我师父不是骗子。"

我听不懂。

"我怕我要真学成了读心术,就不会写字了。"

我实在迷惑。

他忽然扭头盯着我,眼神有点奇怪:"什么叫也是骗子?"

四、情理不容的事

副局和随行诸卿从"天天卡拉 OK"往外走,天天老板赵姐咯噔儿咯噔儿地伴着出来,和电影儿一样。

"中,庸。"副局品着功夫茶,点上一支金龙硬翻的至尊"泰来",语重心长,"中国的古书,要看。啊?选择地读。看不懂,没关系。也看。看是看,批判着看。取、其、精华,别迂腐。哈!"他是读书人。还不是一般的水平。

副局红油的嫩脸,耳垂儿丰厚,手白如凝脂,绵软细滑。赵姐超乎爷们儿地干脆:"我不是奉承!以前真没注意,咱亲哥太有福了!这手跟没骨头似的哎。"

"你才没骨头"。

一众莞尔。

"我很硬的。"

一众大笑。副局哥哥狠心着实打了赵妹一个屁板。赵姐大声叫唤,委屈委屈,实则是在示威:"盼盼""迷你""夜夜情"和无数摊铺买卖都看过来吧！看看今日虫道，是谁的天下！

"看过来呀，看过来。"歌厅里一个沙哑男声和着女孩儿的笑声飞荡在这片自古丰饶的烟农宝地上。

第五章 梅妻鹤子

一、梅夫人

"计红梅"的家，很整洁、很整洁。

两间半小屋，在冬天，生起火炉，屋外烟囱冒着烟，真暖和。计红梅的闺女小鹤小时候就喜欢过年："三十儿"来了亲戚，一家边吃边看联欢会，外面下着大雪片儿又冻又黑，天空从结了冰花蒙着哈气的玻璃窗望去，那么怕，那么冷……婶子舅舅们的红毛衣、黑灰格线裤腰，灯下妈妈呼叫着从外面半间小厨快步捧进来的大菜盆的热蒸气，"那个气味就叫温馨"，多少年以后，小鹤躺在男人臂弯里这样感慨着。那时候，小鹤就最愿意临桌躺在床上，等着姑伯们剔着牙到里屋去打麻将、妈妈端来最后一道临时加的菜坐上床沿，她就假寐着贴一会妈妈的腰，再拱到爸爸大腿边。别人抽烟她不喜欢，但爸爸抽出来的烟一股子一股子呛着，她却特别爱闻。她蜷成一团儿，听他们聊一件七枝八杈儿的大人事儿，她喜欢这样的时刻，爸妈的说笑低语，爸爸一个人才有的"爸爸味儿"和廉价飞马泰来的烟雾，像给她临时建造了一个世界上仅有的单为她一人而存在的公主窝，热乎乎的，专门做

171

梦的窝。

　　计红梅的妻子也是河泉子市第六卷烟厂的工人,病退得早。后来不甘吃闲饭,先后在乡镇企业、居委会,干过很多事,卖过气球、花、小饰物、水枪、烤肠、报纸,因为五个孩子都张着嘴。小鹤开始上学,接着是小雨、小文……计红梅的下岗,梅夫人拼出面子借钱凑了一辆摩的,这时十几岁了的小鹤身为长女,已初中了。

　　梅夫人的退休工资一拖两年,任她打出脑子骂出祖宗,后来换了两个厂长,干脆不知道找谁了。

　　"我为什么得病?我为什么要病?我为什么老是没完没了地要吃药?"梅夫人看着女儿们相神似的脸蛋儿,特别是四丫头小文那美人儿坯子的小鼻子小嘴巴,那清秀、那非凡的温良,绞得慌。她该上二年级了。

　　小文用有限的词汇,写得简短。字没练出来,但是很清秀:

　　"亲爱的爸爸,妈妈,小鹤大姐,小雨二姐,小玫三姐,还有最最宝贝的五妹双双,你最听我的话了对吗?我可以给你们省两千块多钱呢。你们可以过好日子呀!希望你们不生气吵架了。"

　　小文喝下了烟农的农药,由于剂量不够、忍受了不知多少痛苦,衣服整个前襟都哭湿了。

　　几天后,计红梅失踪了。

二、小鹤的愿望

"泰来"老总不抽烟,原本是个外来人,有什么倒腾什么,一日无意走到河泉子,看那飘着异香的大片烟草,惊愕不已。

他没有上过太多学,但凭一个老商人多年的直觉,他留下来,那时河泉子十二个卷烟厂还都很安稳的样子。所以如今谁对他都得竖起大拇指,即便你恨他,都不得不服,他怎么有后眼的。

后来群雄并起,他的"泰来"一举垄断了烟乡中的好烟,成为极品中的极品。顶级好烟最高档是黄盒金龙硬翻至尊"大泰来王",一般人别说成条,一两盒,连最贪心的受礼者都会心疼;其次是紫盒金边的"泰来王",俗称"紫袍",送大人物他也不敢带在身边;然后就是"红袍",正名儿的畅销高档"泰来",硬翻为绝对的高级,"软红"也是哪里都绝不丢面儿;至于中低档,用"泰来"的口气说:"我们不生产,因为泰来人从来就不会中低档技术。"当然,民间大量行销的假冒伪劣其实是听从了前黄金女主持副总的苦心建议,秘密制造的,黑盒硬软翻两款中档"小泰泰"以及大众飞马泰来。

计家上告案,"泰来"老总又一次凭着良好的嗅觉抓住了树立企业形象的好机会,很小的代价,得到了比十倍广告费都好的效益。疏通市政、城管,保护寻人小广告,更新三处"仁者泰来"的形象大牌,及增加公车小形象广告,与计家五口共进午餐、赠款,等等。

那天中午,老总和计氏五个大小女人围在计家暖和的小屋里、用铁锅在火炉上直接炖杂烩菜。连屋外

173

小厨房都挤满了摄影照相的记者和群众街坊。计家人都低头吃,梅夫人不吃,姑娘们小耗子似的偷瞟瞟窗内外混乱的人,又瞟瞟吃得大汗淋漓高呼"香!真香!"的老总。

女主持推门进来。她比电视上更美丽,不那么闹了,显得不太一样。

"出去。"梅夫人突然见了狼似的。

从院儿里一路往外逃,女主持副总把自己裹得连眼睛都看不见了,还是被记者认出来。

"您好,我是《河泉大地》的!采过您,请问,你们'淘气一对宝'还有私人联系吗?"

"对不起!"女主持闭眼叹气摇头,"你们放过我好吗?我真的不想再谈以前的任何事了OK?我现在仅仅是一个平凡的女人,陶可淑。"

"男淘淘!女淘淘!淘气一对宝!!综艺,我——们——哈!很多观众说,这是他们青春的记忆啊!你们真的不会复出了吗?"

"谢——谢——"陶可淑含泪说出两个字,快步突围。

今天走在河泉子大街上,只会听到小孩子会煞有介事地独白:"舞步、心情!依我、依你!步心,依依,泰来哈不到!""淘气一对宝"则和计红梅寻人启事一样,已被小广告遮盖,快消失了。

但在计家小姐妹们眼中,"女淘淘"还是那么耀眼,她多么漂亮啊,她是她们的明星,她的每句话她们都能记得，小雨能摹仿她的声音和表情动作；小玫为了梳她的发型挨了多少打和学校点名批评……小双双对她印象不深，但面对这个瘦挑身材的女人，她身上不可捉摸的香气、她紧裹身形的细软衣裙和肩上的大白毛狐狸……她真喜欢。

"您好！对不起我不得不问，当初和那个白……您明白，开房的是'男淘淘'还是您？"

"你们……""女淘淘"流下泪来。

"你哪报社的？！"老总端着碗追出来。

"情与刀。"

"滚你妈的！"老总急了。

"哎你凭什么骂人！"

……

那天最后，知名的妇女儿童爱心杂志《同命天涯》问小鹤：

"你的愿望是什么？"

"有钱。"

"你？我是说你想、将来想做个什么样的对国家有用的人呢？"

"我想做个很有钱的人。"

第六章 我们永远不了解别人

一、童话故事

在很久很久以前，有一个美丽的姑娘。她住在很远很远的地方，过着无忧无虑的生活。有一天，她上山采花，碰到一个狮子，狮子都喜欢她的美貌，就把她抢回了狮子窝。

一位打柴的小伙子听说了，决定去救她，但是老娘一百多岁了，没人照顾。他想啊想啊，终于狠下心，把自己劈成了两半，一半在家照顾妈妈，一半去找姑娘。

小伙子救了姑娘一直跑回家。这时另一半小伙子正在伺候老娘，看到美丽的姑娘，嫉妒极了，决定杀死这一半。

半夜的时候，他把拦河水的神牛用麦糖引上了岸，河水冲垮了村子，淹死了自己另一半，但把姑娘和自己的老娘也淹死了。

他垂头丧气地走回家。

一看，他那一半正把刚烤熟的狮子肉给老娘吃，姑娘穿着孔雀和百鸟的羽毛织的裙子跳舞呢！原来他们都成了神仙！

于是，他们一家人欢欢喜喜地终于又团聚在了一起，从此，过上了幸福的生活……

二、道听途说

双双最喜欢四姐小文讲的故事。以前，每天晚上她都缠着姐姐们给她讲故事，但最后，往往是小文抱着她，用只有小文才能有的轻柔细小的嗓音超小声地贴着她的小脸蛋儿给她讲。三姐站在里屋的五斗柜旁写作业，二姐坐外屋床头写，大姐小鹤挤在门边刚支好的军用钢丝床上、边做习题边帮妈数钱算账，这时爸妈往里屋床下抬东西，有时吵架里屋外屋地穿、站、坐、摔骂，小雨小鹤使性子插嘴，小玫夺菜刀割伤了手跑到后街上去，就更乱……所以往往没人顾上她。小文在这些时候或者放下书本过来哄她，给她擦眼泪，或偷偷把一块碎糖角塞在她嘴里，然后紧忙用左手食指做个"嘘"，神神秘秘地张大眼睛冲她甜笑……

小文的故事好像永远都讲不完。双双觉得四姐有很多秘密，她不爱说话，有时候看着上不了"聪灵比课学习班"赌气的小玫、要退学工作的大姐，她就痴痴地发好半天呆；她对谁都说："嗯，好吧！"现在想来，不管小雨摹仿得多像，小玫把头发怎么学，只有四姐小文——才真正有淘淘阿姨那么漂亮呢。

梅夫人抱着双双躺在床上，身边的小玫早睡熟了。

她真的很需要那一万元。但她无法原谅"泰来"副总——原先的"女淘淘"那次电视机里前仰后合地给予她的伤害，和给予这些女孩子、这整个家庭的侮辱。虽说梅夫人文化不高，但人情事理她从来没有糊涂过，她也知道，这件事怪不得"女淘淘""男淘淘"，连最可恶的那个白名人也怪不得。因为早在之前，"计红梅系列"连小双都学说给她，还问："这是爸爸以前的故事吗？"

她只是不知道不明白：这一家人招惹谁了。她痛失爱女，痛失丈夫，一个女人如今只能往一帮糙老爷们儿的"摩的"群里去混、去争抢，这些昧了良心的王八蛋还编出脏故事刀子一样戳她们孤儿寡母的心窝子。"泰来"原来是"女淘淘"的，她绝不再要她们一分钱！

梅夫人血红着眼睛指着墙上小文的黑框照片，冲记者们把牙咬碎了："你们照吧，照得大大的，你们都有爹有妈，都念过书、有知识的人，我说不了你们那些高水平的词儿，我说不出来什么'哈计红梅去'！"她把烩菜锅都扣在了"泰来"老总和"女淘淘"的车上。

梅夫人疯了。在河泉子市的大街小巷里，我道听途说之。

三、我是一只鱼

"天天卡拉 OK"被梅夫人拆了。赵姐的珠翠撒了一地，"大泰来王"黄盒儿乱翻、飞丝灿烂。

"我和你，我是一只鱼，水里的空气……"小鹤僵直地在副局怀里唱着。除了新来的小鹤，其实"天天"的人都知道这些人的身份，服务生和小姐们为了避讳，通称他们"哥"。

"宝贝多大啦？"副局问。

"十七。"

一个精干的夹克衫从硬黄盒里抽出一支金龙秀体

的香烟给副局点上。

副局好像很有兴致:"给我点一个。"

众人欢呼,赵姐无法置信:"妈呀,真是青春是永远的春药,就是不一样哈,我就没见过我亲哥唱歌。我来点!"

话音未落,门被梅夫人砸爆了。

四、不必

"扑通"一声,梅夫人给小鹤跪下了。从虫道出来到现在,满身血污、蓬发跟跄的梅夫人没有动小鹤一根手指头,没有一句骂,现在她给小鹤跪下了,然后,一掌一掌地抽自己。

叶儿黄了,叶儿落了,叶儿飞了,世上的夜与昼不听你叫,不看你眼色。酒是陈的醇美,人老了,还是三餐。

不必。都大可不必。

2005.12.8
2022.修订

半杯集

2018—2020

0

我们知道什么呢
其实什么都不知道
全体的全部
都是无中生有
全体的全部
都是听说

也没有这
也没有那
满满的只是空白
空白
又空白

所以并没有音乐
并没有耳朵
也没有心灵和倾听
因为无处可去
人四处攀爬

即使不断更换寓所
还是无家
我要远离这世上的宗教
我已离开人群

这包括远离房子
也包括远离山野

出这个本不存在的门
就像排列这些文字的同时
便放弃它们一样
就在这空白的当口
我知道隐伏着更巨大的嘲讽
我知道
终究没出得这门

这从一开始就注定如虫已被钉死
是我们愚弄了自己

这个世界没错
我也没错

不能泯灭了自己！

虽然渺小到0
但我不是空白

2018.10.15

瓜州三令

一 / 阳关令

你可以摘走我

满树的水果

但你摘不走我的虚无

你粉碎我的骨头

每一块都疯狂

可我火焰烧得更冷

把我融化

把我融化

把我的路融化

把我遗忘

黄土遗忘

把我们一次一次风干的衷肠

全变成风

和秋凉

2018.11.11

二 / 玉门关谣

就是风肆意

无非风肆意

无非尘砂穿心粗与细

湮灭了的

无非湮灭

在子孙手里是物件儿

盗墓贼怀里是铜

故国

更像一块面饼

月亮魂魄早散

诗在当年就已无用

那么多人间

无非在流沙里

立一块土门

像个傻子 自己陶醉

2018.11.12

三 / 边地令

怀古望楼兰
楼兰是木石
可憎面目
古来无论
头黑与头白

十有九蹉跎
何去
何留
至今是迷人

大漠烟直
如旧雁阵
还去天边

少见胡马
多未更变
自劝不叹
身过于阗

曲直盘桓莫高者

说险
始终是人

2018.11.13 敦煌

贝 壳

走过
结出花来
世界蹲在这儿
我刚巧走过
初夏 海的冲动
你的看上去的美丽色正在退潮
我是露水里的人
总是安静或者不安静

当终于一切不说了
只有滴滴答答掉进我怀里
那种旋律叫失去

失去一整个世界
如失去一粒海沙

这样每天伴自己入眠
最后我剩下一个
很漂亮的贝壳

2018.12.27

一 天

有一天你会了解你的父亲
有一天你会说
哦
有一天你会发现什么都不神奇
那天你不会再用方法唱歌

你会对有些说谢谢
有些说
抱歉

那么一天
会特别平常

2019.1.1

文 物

望着树梢

一天也行

两天也行

无人念你

你也无人可念

在这个时代的灰烬里

后来人能找到的温暖

可能仅仅是电子板上的

几条短信息

2020.10.18

杯有沧浪（短句选）

1.
年年草木
野望深
似此沉沉
长路光阴

2018

2.
乍闻风雨
心生寂灭

2018

3.
如果决定远航
那就远航
如果忍受
那就忍受

2019 除夕

4.
窠臼不蜕俗更多
(不知道馆自署)

2020 春

5.
抬头半山正生云

7.2

6.
人生不易,偏偏韶光最短。其实又多正常
否则凭什么,我们说爱,说美。

7.
酒在最美时最危险
情于越浓处越凉薄
即便如此,这一生,我都要感谢

2019.11.17

8.
我们经历辛苦,是为了保持甜的味觉吧

9.
我是昆仑尖（题小石子）

10.
很多是非，其实不重要。
对人而言，温度，更重要。
比愚蠢更蠢，就是变得无趣。

11.
泛海多嫌窄
俯首一天青

2020.7.10

12.
春景不随人顺逆
人过常挟草木声

2020.8.5

13.
时光带走一切
留下陌生的欢乐

14.

似此生涯多流转

落花流水一样春

15.

心突然想衬衫

哦

——秋已有了模样

2020.9.17

16.

好句拈来添故纸

筛光檐下拌青菽

17.

夜啊 孤单的人都怕你 我爱你

你让我活着

2020.2.28

18.

忍耐吧，滑稽戏总会散场

2020.10.12

19.
将行不须舟
照花风点头
世间如盲客
万水一东流

2020.11.4

20.
螃蟹，活的，都是青的。一旦红了……
我愿永远青头青脚，硬硬朗朗

2020.12.17

21.
这个世界上大部分所谓才华都是正常生理感官的陈词滥调。
真正的难过
唱不了歌

2020.11.12

《冬游碑林》三首

一 / 步西安
咸宁至此居

始有长安味

二 / 临碑
怀古休恨天根浅

我与唐贤一石中

2020.11.12

三 / 瞻碑林
天光任短长

寂月播素香

片草无真意

去来不问霜

2020.11.15

药

冬夜寒彻,其状似大药。凉薄苦,有活气,肝胆一平,奇脉稍歇,须臾见神明。

2020.12.6

题菖蒲

自古菖蒲画缘深
清癯傲岸素影纯
江南江北人常异
却共一缶作精神

日记六则

（一）

刀在夜行
游刃过往的钩子
屠案仰望太久
想必和我一样厌倦

（二）

我执就我执，这辈子一定要走条自路。
皮囊是可敬的，盲从而淹留他说，比腐烂更可耻。

（三）

起跑线，和财务自由，是最大的骗局！
但和每个时代一样，我们大多数都愿豁出命去保住自己脖子上的绞索。

(四)
琴书身外物
世间半句多

除夕

(五)
(不知道馆自署联)
煮东流焚琴酒
把细雨作家亲

(六)
没有更好的彼岸。
你我花若不开,天下并无净土。

仿阮步兵咏怀诗

夜中不能寐
起坐弹鸣琴
鸣琴似白鹿
皎皎无处寻

长峡多良木
摇落成世音
随波逐流去
闲枝付野萍

霜夜迟照雪
孤立怀风露
万点江山意
新星动海潮

2018

夜 车

繁星碎雨伴山
归人离人无常
一朝一夕之露
长河寂寂流年
修短
弥长
说此世间
是片刻影

2018

访铁壶斋吴龙兄不遇

平步柴门问客茶

曰主雷电四时花

新柑素袖煎瓯闽

无路闲山日又斜

2019.4.10

注：雷电四时花，指景德镇。铁壶专家吴先生去景德镇试做瓷器去了。
而古人称景德镇为"四时雷电镇"，因此说他去种雷电之花。

与顾先生

世事如棋局
蓦尔同游侣
贪钩争座上
格物落网中

蔽村行止缓
江湖掇手谈
弦管犹俗趣
听雁知非鱼

2019.4.11

注：顾先生为古琴制作专家，少年时爱围棋。因此以棋起兴。

题赠墨安先生文房猫卧图

枕山庐主志情高
笔落乌丝栏上梢
汉魏堂前春燕子
信手招来演白猫

注：墨安先生，书画家，斋号枕山庐。

答案与皮球

原来一切的背后并没有答案。这就是答案。比空洞的表面更空洞。

就像很多狗,究竟一生的乐趣,不过是几个捡回来又扔出去的皮球。

终将面对本来的样子,随身的,就是一个影子吧。

逢 秋

自古逢秋多兴叹
荣华如灿
流云过空天

似旧似新人间
年年归鸿
新人又把
旧人换

2020.10.8

门 牌

我们都错认过门牌
去过些
不该去的地方
然而并没有错的路
根本没有
别的路

即使准确也是徒劳
如果确认
便是谎言

我们都错认过门牌
去过些不该去的地方
其实哪里有不该去的地方
根本没有别的路

2020.8.11

上歌行

踯躅渡马
载尘弹烟
人生苦笋
离落空剥

倏忽狡迹
云亘嵯峨
长矢盖幻
警喻蓬歌

慨舌难睹
醴厌搜肠
听樵袖手
怀岸千荷

经通至域
无殇愿渴
因衔青翠
靖山远国

2019.11.13

关乡行

平生爱叹关乡处
犹对高粱明月深
春蚕九曲青川落
劲角千帆谪长河

痴情吊古耽句读
谓我何求倚风尘
孤影芳菲今正是
听江一去不留人

2018.1.23
2020.11.14 修订

无 题

人生如画亦如局
自作结缚自乘驱
解铃到底天沙净
寸土坚贞定海鱼

2018

独 酌

独酌胜对饮
排宴有群氓
高风陡一阔
略观可止余

八荒葱茏映
跏跌事偏多
都乐仙神永
惺惺爱角蜗

庚子初二

竹枝谣·埋酒

又是一年花落时
韶光去何向
落花飘过隔院墙
启窗天悠长

雁声高
草添黄
此心怎样讲
看山想
看水想
只道风清凉

从来羁旅异乡人
最怕听歌唱
我折薄纸放鸢扬
线断似离肠

一剪窗
一剪窗
片片红菱剪一窗
岁岁与花深埋酒
我心自坚强

2019.10.28
2020.10.16 修订

三个朋友

你有没有去过动物园
居高临下看猩猩或者猴子
他们自以为是天下的主人
有男有女还有国王
我的猩猩朋友啊
你永远不会知道

你有没有看见涂了一层诱饵的纸片
那么轻轻松松粘住每个苍蝇
那简直就是个游戏
永远不会有一个苍蝇识破
我的苍蝇朋友啊
你永远不会知道

你有没有看见一个钉子钉进木板
那就是你的所有
灵魂啊肉体啊你的每一句格言
全都是别人的木屑
你还那么骄傲
我的木头朋友啊
你不过被钉了几个钉子

2020.8

自画像

他坐树下
尘土上
落叶因风离
人似曼妙舞

2020.9.15

疫

　　有没有疫情，也是如此。人生岂非就是一场疫情。我们从来也没有不隔离着。

　　疫情只不过像漫画或者盆景，帮我们概括了一下。

君住长江

"君住长江头
　我住长江尾
　日日思君不见君
　共饮一江水"

空山几万重
江流一通
茫茫
茫茫

由天此身命
常悬一线间

注:""内为宋代李之仪《卜算子》词有微调。

听卫仲乐老先生箫

弥坚骨梗
砥柱中流
于飞汉广
槊横短江

醉东篱下
与蔡伯喈
泛沧浪噫
引磬黄钟

何有何亡
燕燕在梁
鸣兮高岗
对浮月觞

2020.4.2

竹枝词·深居

夜忒长
当春盼秋旸
一片梧影空模样
连心锁
也无环扣也无桩

世偏凉
无非沥肝肠
一抔生土可为乡
雁入云
也似畏途也似窗

便收藏
千般风月也收藏
无弦作舞一场忙
假霓裳
原来臼井原来巷

2020.4.29

在 川

书一天
画一天
日月横斜轮如牵

居无门
行无路
本来蓬蒿故乡田

披沥寒暑知肝胆
辘辘青黄归现前
门庭向背同水火
一众铭鼎胡枉然
东阁铁券担海内
江左风物假颓垣
行人酒马明依旧
百战兴废作秋千

九月听黄莺
半夏风雨蝉
无非造演悲欢

如潮新儿女
照模样
还成旧曲般般

早登临
逝水如斯尤在川

2020.8.8

晓登山

暑热难降
懒对青竹床
觉醒黄粱
烟云散半场
听风远岗

大蕉铁茎
通直补天样
乃望一空张

不费饶舌名前利后
谛默平生

绕塔问峰
寻阶拾径
透澈重山

归去来兮载舟往
所满红尘十丈
未启明
其数难思量

五噫何妨
身在长亭心在上
渭城雨狂
夜步如云仰天狼

2020.8.12

宴坐听风

昆山笛
吴门丝
乌衣巷子朱衣湿
塞上雪
燕云骄
胡车雕车绣罗朝

向来此间翻复酒
不醒醉士蹉跎谣
醴泉歧路嗟衔恨
河东河西埋故桥

可人桑榆晚
长萯百子苗
一声山不尽
脊挑半铃梢

2020.8

注：百子苗，指莲花

航海图

愿我心如灯塔
否则那么远的路
没方向
但心不是灯塔
哪边都可夜航

愿我心如虚空
否则那么多年月往哪儿放
但心不愿虚空
它怕东西太多

所以心这名字是最笨的孩子或最坏的骗子起的
它和肉体就是一伙儿

那么还是有个心吧
当最笨的最坏的骗子
并愿它如灯塔 如虚空
否则这么远的路和年月
这船
往哪儿去划

2020.8.27

重 阳

天高烟云破

谒景恒 揽白鹤

神仓满

越椒多

点点青鳞江山好

平块垒

鸣沙啼雁

几度沼泽

空山松子落

赋思旧 志凌摩

沉吟久

影婆娑

岁岁登临披襟早

一俯仰

太玄如芥

往来消磨

注:"空山松子落"为韦应物诗句特引用,与景恒、白鹤、神仓、越椒、思旧赋等典故形成平衡。

大 雁

不管怎样
要看见大雁
哪怕只是一张画
两个字
就如同心里始终向往一个怀抱
有天空 有大千的丰茂

不管怎样
要存一个怀抱
其实只是一个念
就如同传说里的大雁
有高迈清节 有信 有情

在大陆与海洋不被我们知道以前
那些琐碎的名词学术还未诞生
三两鸟虫就是这样了
只不过我们这些狭隘无比的愚昧狂
编造自己的上帝 再借上帝之口
玩赎罪和犯罪的游戏

不管怎样
我要不断提醒自己
做个血和肉和骨头的人
解剖开和屠间挂着的那些
一样

但怎样也在醒开的眼目里
看见大雁
心存一个怀抱

2020.11.6

长汀行

良辰古木
皓云安空
风生流落
翠羽嫣停

祝长相思
万难圆玦
由是赘恨
扶柳吊青

解珠环佩
遗憾重讴
淹留舟暮
四野囊香

艳骨深没
沉箱殚罄
终弭柴市
人海波磔

翩随花移
步步婉游
出天门峡
竟古高歌

2020.11.6

四十四自写

娉婷玉壶暖阁凉
少年谁不惜金幢
绾丝长忆花笺对
见山盟山好辞妆
也历八万四千场
醉卧十街意轻扬
行人酒马混来去
一梦已到白鬓江

皆嫌空志瞻巨贾
排宴我为琵琶郎
一岁半寒半味酒
听者不知宫与商

慕弦纠错愚思量
可赧未逃谋稻粱
帆楼过尽终识报
养瓜得豆理平常

2020.11.7

骊山怀古

灰领鹊
乱踏轻枝瘦
散花衣
此境难羁留
作短歌
歌成境迁久
着不得
扫月空举头

良绸一般裹蒲豆
染七分
骨骼也透
身前事后
浑拼凑
古人早有见
一池春水吹皱

2020.11.15

北 方

我希望在天之下安一个家
只是这头上平常的天
在地上随心安一个家
没名没近邻
希望大致在北方

每年要有严寒的冬季
漫长可以大雪封门
那样就可以有辛苦
有阻碍
有悬疑
有惦念
就可以尤为盼望夜归
尤为懂得炕火
尤为贪恋温和的水
烧酒　和滚烫的人

我不想说家其实只在心里
即使我心里可以放整个天地
却更向往一个小一点的家
这愿望反而更难

2018.5.21

四行诗六首

一

原来

世界是一把沙砾

风一吹

干干净净

二

其实

门是个假象

入口和出口

都不在那里

三

见地的黑海

沉没着全世之船

开着口子

再无机会

四
尘埃就是审判
扫地的影子知道
土
无动于衷

五
遥望
是超不过眼睛的造句
鸟儿划过
只是

六
每个醒来
应何决定
这样的
无关紧要的
紧要

2020.12.26

一只失聪的耳朵

2021

失　踪

掉进一个深渊
是从哪天开始的？
一个声音都不响
世界就在几米外的
黑影里躺着 不知死活

忘了一切臆想、修辞的手机号码
是从翻过身那瞬间？
魔法师从镜子里拣出每一丝毫色彩
丢掉
我永远记不起我之前的颜色了
湖蓝？
灰？
还是……朱砂？

人
人和建筑电灯各种不知道的车，电子，结合了！
动物已经死了
被替换了
语言和星辰都是生化合成的替代品
于是我在这一天
为了不上当

看见柏油路上巨大的树影
一摇开了无底的门
就跳进去……

星……
月……
一些活的……
像
又不是
也许躲藏着
我或者他们并不确定
谁失踪了

2021.1.19

诀

大指和食指轻捏， 会安定
那儿没有什么东西
所以那儿同时就有一切
松开意味毁灭

于是我轻捏安定
安定突然痛苦地问
"你怎能独享静乐？"
那么，我松开
但是并没有帮助 哪怕一根草叶
那么长的世界

大指和食指
只有一微尘距离
洪水倒灌下来满口鼻泥沙
天地折叠成淤湾

太阳极细的箩筛下深重，腥，疼痛和绮丽光耀，
都会哼一种极远却可闻调子的碎雨粉慢扬
时光磨砂的熔流涌荡

但各自放着吧
就这样——袒露开——每一个关节
舒展

我不想一直
捏着那指尖

后来我笑了，原来放开大指食指
那一切还在
那里还是
什么东西　也没有

2021.1.20

暂时旅店

被挂在半路树上
辗转往返邮递
大多事是玻璃
维持着危脆透明的一层界
救生篮在天空标记我
飞悬在困局
"暂时",是这旅店的名字

我会早早离开它
我总会把这可恶的漂流扔撕进垃圾桶!就像
撕一张骗子的参观券
没人的时候我想
那么不暂时
在哪里?
难道还有个正式的命运?就比如夜晚
旅店的枕头像个铁笼子
灯亮,小舟活在深海的风浪尖
关上,心就只能躺在地月间的荒野
人是暂时?
还是正式?

应该把参观公园的票都留着
这就是当年那个人吗?
这就是
这就是正式的路吗?
这就是

2021.1.20

石 球

一块在切割
一块在等待
下面的挖出来
上面的填回去
石头土木看上去为人摆布
其实他们是无所谓

它们是地球救生浮板里的泡沫
只要地球还能飞，不掉下去，什么样都行

它们可能是造物主留给毁灭者的茶点
将来关键时刻一招制敌，你哪儿知道

我们倒很可能正是它们的奴仆
门口随便一棵老树
——看着你们族群繁衍那点儿事
都可怜几个世纪了……

也许一切学问都是错的
至少没事找事的嫌疑很难排除
在人这里
石头只有一块
——西西弗斯那块
潮汐把新生命拉下深海
贝壳推上岸
如此往复 为的不是石头的意义
也不是西西弗斯的意义
可能就是石头和西西弗斯的意义

喧嚣就像犬吠
其实慌张焦渴尾巴夹紧
人的喧嚣
是因为这石头球太孤独

2021.1.24

失踪老人院

望着树梢
一天也行
两天也行
无人念你
你也无人可念

这一天真到了
就和旧物件一起
堆进过道吧
但绝不能在塑料布上 当假古玩
贱卖余生

2021.1.29

真相低头可见

这是一个悠长的旅途
也是一个真伴
人与事都有分合
唯它不离散
一时在左　一时在右
不畏任何表面
说肤浅　说深刻
它是最深和最浅

它是一个短暂
影子不会叫：
"永远！"
不知东西变迁的意义与无聊
愚也跟随　智也跟随
只管盘桓身间

既不是物也不是心
舞步或安然
总与其他一般　却都放弃了内核
要说不是奇迹
那
哪儿还有奇迹

草木也有

小虫也有

日月也有

物件都有

怎说不相通

胜利的和俘虏的，有命的和没命的

得福的倒霉的，虚假的犯罪的

影子都一样

与君同生灭

无喜无悲

我们为世界制造无数差别

影子用一个方式泯灭

如果找一个大同平等的实证

就明摆在

每件事的脚边

2021.1.30

镜 子

村落山后
有不少坟茔
山前村里
净是住户

坟　远挂在冬林间
个个露结晶莹
孤叶飞　是它偶然分离的记忆

住户星罗于大千枝条
个个鸟巢都饱满
振翅的行人晨昏钢刀刮抹　破那好画的局
待哺的嘶鸣炊烟直上九霄生出个暖阳愣悬着
浆洗冻挺的衣布　行驻散落的人情　碎笔点彩

村后永恒的风景
喜怒不形于色
沉默是金
绝诸消息
麻木不仁
永无态度
白日好凄凉　夜半好瘆人

村前最高明的学问
喜怒不形于色
沉默是金
绝诸消息
麻木不仁
永无态度
作智慧养成
叫城府深沉

长 椅

我刻意穿过音乐轰鸣的人流中心。人们就是喜欢制造繁华红火的气氛。

我正努力逃离这个广场。无目的地在不同出口转折。

风明显流通的道路,人群也在聚集。背阴处,还是很多人。折返胡乱走,疏离宽敞的区域,高楼静默有点阴森的过道,再转,再转,我相信大部分人就是这样,在一种叫城市的东西里转。

直线向前,走出两条街道。广场音乐和广播还在,但已像走进了后台:

那是大篷车马戏的后台,热辣的舞女只剩灰烬,刚才神奇的法杖是个冷漠道具,油彩那么难看地挂在疲倦的脸上,讨生活的人味儿,陌生冷酷的眼睛。

所谓城市,就是耳朵被灌满了,眼睛被灌满了,却不知是什么。脑子充满被告知了,被指示了,被牵引了,却不知是什么。要这样啊,不这样可不行了,要那样啊,不那样可不行了,今年的头等大事是这个啊,否则后面的路没法走了。不管愿不愿意或者反叛着,你看看对面的人,都还是穿上了并不适合他的流行款和流行色,有的滑稽极了,可能就是你自己。其实谁说的？什么根据？都没想过，分辨着，还是信了，连怀疑都是别人告诉你的怀疑。文学宣布文学死了，摇滚说摇滚死了，还有绘画死了哲学死了，他们说解构了，你也觉得自己长了个后现代的大脑……每个短浅的自大狂树都说着"我之后、再无森林"的句型。你都如是在咖啡馆和人宣讲，对面的星星眼感叹，你是真的有思想嘿。

匆忙地从土地上走过，事后才留意，没人照料、被踩了的野花还在开，和五百年前一样。

很多事热闹不能深思。从没有上帝神佛发笑，他们是真的真的、实在的听不见。

在这样一个街口，很自然的转角，人绝少，没有车，有大棵大棵的高树，有小片小块的石板，有不致荒芜的阴凉，有半面正暖的阳光，有一张，空空的长椅。

你才知道，这个转角，这个时刻，多难得。

它斑驳，躺着几片树叶，锈铁架，不算肮脏。这一切真是好，其实那几道平曲的花坛已足够歇脚了，但偏还有一条长椅，特别给行人一个厚厚的馈赠。

邮递车从这里掉头，远去后，这里暂时属于我了。这时我明白了城市。对这个种群不认识的一些人心怀遥远的感激。

靠下去,长椅是个伟大的发明,椅背是个伟大的发明,天空真高、真蓝啊……

广场音乐没了。是远到听不见了,还是真的停了?

哦,细听还在。蚂蚁的事,再庞杂,再大,再苦难,也叫:

蚂蚁的事。

2021.2.14 辛丑初三

原来的名字

他创造了些奇迹
他会多种语言　不同音乐
他能用不同的方式传递丰沛情感
有一天享用过豪华大餐
经过窗口时听见人正夸他：
再没有一条狗，能替代它
它才恍然想起
自己的名字

2021.2.15

小唐龟铜砚赞

仿唐小铜龟
纳福避邪祟
无畏颠簸事
寒暑不弃我

笔耕温良伴
娴雅默照涵
方圆万德俱
贤名谐：归同

赞曰：
腹藏诗渊心香墨
劲意梧栖羽翰长

龟壳背盖尚有通用之奇：
一曰保湿节余安宿墨；
二可枕腕承细楷；
三作镇尺定边，触手静胆生凉；
四能铁肩荷担稳搁架；
蓄水有斗量，饱盛甘露是净瓶，笔洗醒涮趣难言；
巧惠又有砚滴功；
七则充笔舔，最玄濡毫误打竹管时——乍一声——湛然如磬！冰清疑遁南极鹤。生发无始，步虚飘摇，琴论"起手即入幽品"，刹那妙：

平地千里涌绝嶂，暮鼓檀钟，林泉别萃，不见青麟迷踪白猿，灵台昏沉醒。

公案正契：一音说法。

小题大做么？文成公格物——何小之有？

辞曰：

在顺逆旅
度得失命
风物唐宋古今一
小道耳
人余末
引动灵犀
则非玩物

春至也
人当勉
中直宜抖擞
吐故纳新气
文质本刚
勤整清骨骼

小砚虽寻常器皿，懿德翩婉，古称：清友。
夫人物表里，性相交互，可为鉴。

辛丑正月

微型科幻小说《时间旅行者的标记》

一觉醒来,四肢身体都变了,容貌俨然成熟。

起身、说话、行动、奔跑,竟不再是婴儿!

查时间:居然已在 45 年后的公元 2021!

打一个盹儿,就流逝掉 45 年!

睡时在母亲怀里,醒来已是他乡异客。记忆在烟云般闪烁,大多数坠入深海。云或海都飘忽易散,浪花、无法打捞。暗流摇曳得连星空也泯灭了。

那个穿越键实在无情,手握《不可逆协议》和镜子对望:你可真是个……陌生人!

如你所愿,这不一下子就成了大人吗?

好吗?欢喜、还是别样况味?那些渴盼的,一旦饱尝,当初夙愿的涂料便即晕开,毛玻璃中究竟何物,全被雨水模糊了……

放入胸口的计时器,不知剩余多少电。还好每一个搏动仍绷直钢丝,齿轮紧咬,牵动着全身上下万亿链条,运作、运作……竹笠完全遮住这个车夫的脸,好像这个世界的一切与他无关,天地危机四伏,环扣重重,他似并未察觉。也许他全然感知着?或已炼成石头般的魂魄?也许,他根本非我族类!反正任你风来雪去,他只是低头,迈步,拉车,向前。一个大愚。或是一个大智。管他,既然已交付,由他东还是西,到哪里就是哪里。

一个偶然,得到 45 年,就是失去 45 年。何等奇妙!何其公正!

确是大愚无疑。我确信自己,什么都不知道。

站在路口,茫然之际,心血来潮,一个念头从黑暗胸中升起,似乎是个启示,我忙拿出密码读取器读解:

……

似有个数字,在闪动。

辛丑正月十六 45 岁生日记

春 雨

行旅是天不亮
站在星芒的肩头
家已老得不认识我
仍攥着几大包红薯
卧睡在绿皮火车的长夜

我们向前
擦去山和水
一步一生
踩出两道铁轨晶亮的别离

昼与夜成了路人
肩膀一侧 就错过了

尽力开出花来
可不出百步
人看上去就都一样了
就只是
——流淌

让山静静的
让天长长的
让遥远
更遥远
让骗子多编出些悬念

风过青草
肩膀一侧
落一场
相忘于江湖

2021.3.12

扫 花

昨夜疾风恶
懒起扫落花
扫花风不止
落花亦不息

尘土无净日
花落无止期
洒扫空游戏
芸芸计往来

辛丑夏

赠一副人体骨骼标本

所以情诗应该这么写:

谁在乎
岁月雕不雕刻你终将腐败的皮肉
我只心疼你的天灵盖儿和蝴蝶骨

最是你
那三五七八根肋条修洁的弧
——白森森的羞怯
　绝无韧带粘连的疏远

一张草稿纸

这 2022 集

青草燃烧着月亮
为我做心灯
这夜浮云连绵

这 儿

辗转、翻盖、易主
这样一间房子
堆满旧土
住者是砂
当砂被风吹散
显得这地方多大呀

什么是什么
结局总如砂散
这间房子
就是你

一间挨一间时
堆了好大的土堆
叫城市

远远近近
一个又一个巨大的土堆
黑夜被亿万萤火虫飞舞烧灼
黑夜太大了

到白天
看睡着的黑夜
被风吹砂散

2022.2.27

铁链肖像

为苦难画一张肖像
异乡土里埋半截
省略眼、耳、舌、牙，意及姓名
直如风帆
早沉没在黑海

生命烫个大洞
名叫简约
蟑螂般传宗接代
填不满这洞
无论在哪儿什么形式
这空洞其实大小不差
大约是一个模糊的
无定的
潦草的
似人的边界

偶然冲灌成沼泽
挣扎者陷落
悬停于内疚的重重无间
永留矛盾天

这不是切·格瓦拉
她不能被时髦，和狂欢
她是一张广告花花覆盖的寻人启事
她的命运贴满风吹的拐巷

片片渺茫
心慈的
也难免生嫌
乡下的背红薯亲戚惊扰荣宁静好时
愁与笑转手倒进腌菜桶
行人日夜斑斑流光
抹擦净
好像那是
谁的梅毒

锁
我们自己，你们自己
都很多

意当安
家在心头
心在哪头？
解了锁也难寻
在抹去的橡皮泥里
那么大雨淋着吧
每粒泥丸中迸溅的是什么？
有否留着
1℃
哪怕至少
1℃
不结冰的温度

2022.3.8 妇女节

地坛和我

地坛和我
不睡也不走
厌，腻，可是彼此忍着

本来一个字都不必
下起雨
说了雨那么多废话

2022.3.30

风 铃

豆月搓长缦
风怀廓湛之

造船厂

能否去一个新世界
无法确定
欲远行　不须千里
归宿只需闭眼睁眼
但
千万不要说心
我仍叮叮当当
造船

春 事

春天，思念冬雪
在家，流浪百年
流浪，独行老狗
撕掉言语，也别弄禅

阴天，是张底片
阳光，随类赋彩
当心，变得灰暗
每个人，成了斑点

2022.5.5

2022 日记

我身在索多姆城
血管已泥泞
想强奸天使的人群遍地都是
预言或不可更改

我们一起种植噩梦
无论土、水、光和爱,都成了帮凶
我不是罗德
已无意幸免

褪 色

世界褪色了
很多人的魂似已走
不像有温度
干瘪的关系粘连在履带上
车到这一站时
是 2022 年 5 月 16 日

横国旅馆

想家
是想几件心爱的东西
几条习惯的路
和转弯
好好想想
也不那么想了

家是任何水杯
是并不在那里的一个那里
是气球
看起来又闪又暗
在天边一破
就只听见风去

夜窗上空的月亮
是一个呆定
望着地上许多的自己

而万物掉进它眼里的姿势
看上去
都差不多

2022.6.2 横店

短 札

短札尺牍，意不在书
工拙自在，生趣坦然
良友酬答，箴规砥砺
简淡如水，却有温度

2022 夏

牧 歌

狼虫虎豹
草木羔羊
千里万里
都不是家

六月别友

知交半零落
夜雨如诉何
山好无言
过客爱填悲喜歌

千金浪掷也
我购废琴多
青春好时
垂老却浅一似波

一幅画

你真的还在这里吗?
还是只不过我
一直困在另一块画布?

不知道人消暑气歌

睡起如离笼,半山正生云。
洒扫庭除,擦身两遍,要磨磨蹭蹭。
一遍除烦腻,二遍身心凉。
不必三过五,较真是躁源。
有蝉歌,天地为庐。水茶两可。
食蔬与友,宜减,宜远,宜澹。
闲情逸致实是世界第一等大局大事,
刀剑加身不可移。
举头,便看新芽。

2022. 三伏

临 池

砚山琉璃渡
临池谛默深
从来浮花月
未结片段痕

2022.8.15

只是写字

写字要得闲,一旦写,什么都放下。不在多。哪怕就一笔,品味它的美,趣。就够了。一定舍弃功利心,不要急于求好。把心进到里面去,成一种"生活",没有成功的时候,只有一次性的过程……写,就舒服,千万明白,这是在享清福。求成绩就成了苦力,那还不如去赚钱。

名剑山庄

没有柴的保护,小咪又被西门吹雪抢了粮食,挨了两拳。有点窝囊,是随我吧。但有什么,自己经历去,笑傲江湖不是惯出来的。

注:山间野猫,萍踪侠影,屋瓦一动,便有强人出没。常来者二白猫,一只白,黑尾,正合"通身雪白,乌鞘长剑",其精悍沉郁、一击必杀,我叫他西门吹雪;还有一只通身白的,高来高去如烟霞,正是叶孤城。小柴不在,和平主义者小咪只能深居简出求自保了。

我漂浮在中间

严冬是极野的季节
一个汪洋
我漂浮在中间

杯有沧浪
还是忍受
转了一圈
还是身体
我只有一个不会摇摆的身体

无主的情书

我将长夜
作思念
我把尘世　当歌
我愿
忘我名字
南归北上
成你举目的雁群

2022

上 元

最怕人无趣
良宵徒枉然
但愿学常乐
知足安上元

长 春

将此千山寄红豆
北望雪满已长春

听《夜深沉》

渔阳少年三挝鼓
最爱鹦鹉赋祢衡

五月谣

看花三两处
不作观复观
优游在闲路
自是鱼水欢
九歌放云里
十面蛙与田
咏叹无基调
难辨醒世间
玉藏深埋土
晴枝写天然
山去迢相远
迷者如雄关
群生聚会
无止悲欢
日月凭谁巧换
好景常如眠

我一曲
酒盏倾尽白璧船
冬亦不寒
冬亦不寒

泥炉香起
好一番旧影婆娑
垂髫轻绾
翩翩少年

2022

坚持谈美

今天看到一个视频。震惊!

几个中小学孩子殴打一个女孩子,男女轮番折磨,一个比一个狠,都是下死手。

这种残忍,和唐山打女人,其实是一样的!和拐卖妇女儿童的暴虐,是一样的!你继而会发现,车撞人后回头反复碾压,碰瓷老人,虐猫虐狗地沟油毒牛奶,等等,其实他们都是一样的!仿佛同一个人做出来的!有人说乱象,我认为不乱,只发生了一件事:就是我们的社会已养出了一个暴戾,冷血,不限于性别无视他人,蔑视生命,贪婪卑鄙恶毒的残害践踏他人的怪物。

是什么养出成群这些饿鬼恶魔、小孩子未成年都这样暴虐?高科技智能吗?优异起跑线吗?还是富养穷养三代出贵族?是唯利是图!随便一个行业,都满满当当"竞争""奋斗""成功学""精英学"后面,写满一个字:钱!

教育就是学校和课本吗?人一生都在成长,彼此"教育"。最大的课堂和老师是社会。文艺不仅是"娱乐圈",但包括它。文化是一个时代所有社会生活精神物质面的总和。

而多少年来从课堂、书本、广播、影视、网络，集中成一个关键词：流量。在各个行业执掌生杀予夺。流量是什么？！是普世价值是教育文化和美善吗？不是，是钱！可今天它已坐在了价值观正确的位置上！至少是你说一千道一万它都是硬道理的位置上！

钱不是坏东西，但我们介意对钱怎么赚怎么用吗？就只是一味地赚，能拿就拿能抢就抢不在乎过程。让"唯利是图"这个东西做"导师"，教出的学生不是大金链子地痞恶霸还能是什么？

有人说没有科技会亡国；歌女死绝了都无所谓。大喊戏子误国。可张嘴就是"给大爷唱一个"。美在功利主义面前成了"戏子"。那我告诉你，没有这个"戏子"，人类这个物种会消亡（人性消亡就是人这个物种的消亡）。

该反省了！

古人说"南风之薰兮，可以解吾民之愠兮"是制琴治艺的原因。用非暴力的方式，叫"文化"——"文而化之"。它不同于外部的严刑峻法暴力皮鞭，它是温和柔软的，它不竞争、是安于当下的品读生命的味道。美会根植在身体内部，所以它其实至坚，刀枪杀不破强盗夺不走。这才是文化文艺的起因和终极存在的理由。

审美不产生效益。但产生"人性"。

利的起因是占有。横征暴敛，是家常便饭，所以它的信仰者为达目的必无所不用其极，逆我者亡，随时付诸暴力，以诡诈卑鄙为能事，践踏为乐。利欲不会鼓励尊重理解，视怜悯体恤为"妇人之仁"。多年来大批人倡导"暴力美学"。暴力怎么会是美？！它是"过瘾"，过霸道的瘾。

学习，特别学习艺术，不是用来加分的特长和培养人上人的。教育必须不是为了盈利是以培养"有人性的人"为目的。有人性的人在哪里都可以把任何工作变成福利。流量数字绝不应该继续成为这个时代的生存健康指标！最接地气的当然是性、暴力、不劳而获、窥人隐私，孩子们当然就会追捧富二代的狼性总裁。贪婪你如果鼓动鼓励它，它就成为横征暴敛，用这个最能与好吃懒做共鸣获得认同，如此讨好受众必一本万利。这就是为什么连一些导师为了支持，小红心点赞，都把自己变成了谢大爷赏的"花子"。大家都以"我就是俗人，流氓，宁做真小人"为坦诚，于是就真的遍地真流氓真小人！

不是什么都做不了，少说几句"牛×傻×懵×撕×"减少犀利。上行下效，大师说也许是个性，到了民众孩子就可能成了一生的品格。人必须坚持用美来修行，来表达，必须"附庸风雅"，想方设法还是得做君子！即使自己缺点满身、被骂是装。起码还是要养出些"诚敬"，哪怕丁点儿"仁慈恻隐"，多了就可以"造次弗离"成为习惯，那是可以改变人性情的。审美决定人的品格，直接决定他的生存层次的，不是钱和资源！唐山打人者论资源财产他应该是很多人一生奋斗达不到的"人生赢家"和"财富自由者"了。他的生命质量、幸福指数是什么？他存在于社会的意义何在？别再见人就归类别人为什么"婊"了。

除了我们控制不了的。所谓"民风"中，也有我们每个人的言行共同影响可以养成的。这绝非无关痛痒，特别对于搞文艺教育的人。

未来老朽的我们，现在不惊醒，就会在这些暴力虐待同伴的孩子长大成人组成的社会里，越来越弱势。勿以善小而不为！

2022 夏

中 流

中流急
从容相趋
不称心
也称心

开胸臆
晚来数细雨
蜻蜓

2022

题不知道馆内院猫狗洞

聘龙虎　欢喜酤月
共裁雪　数竿齐风
出入停心

2022 冬

这就够了

爸妈打了一辈子。妈前几天说起住院的爸,我以为又要发牢骚,结果她说,年轻时有一次,整过我爸、被我爸打过的小领导被批斗,水泥牌子铁丝勒进脖子,我爸经过,劝守卫的积极分子,被呵退。后来趁人不注意,把那小领导的衣领垫进铁丝。

我记得我妈也做过类似的给众人痛恨的"坏分子"送饭的事……

为了避免新一轮疫情,又和父母住到一起了。不太适应很难入睡。三年前疫情初起,也在这初中住过的小屋,我用坏了的贝斯写了《春事》这首歌。这几年不看电视,周遭的"新闻联播""小喇叭"也没断过。特别今年总会想起傅雷这个名字。想到《傅雷家书》。我没能成为这样一位有正事的人,也没有这样一个会写家书的父亲。

但特别庆幸,我父母作为小学文化充满俚俗的普通工人,一生,没有站在任何一个给别人挂水泥牌子的队伍里。

这就够了。

2022 冬

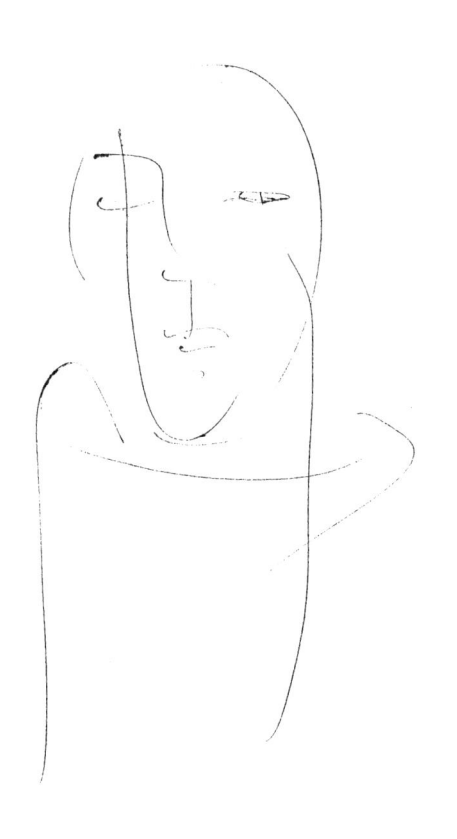

圆珠笔画《自画像》富山 2002.9

《精谈艺录选》

1.《最大的艺术品》

不管你是不是搞文艺的,要把自己当成一件需要加工百年的艺术品。我们本应这样看待自己、他人、社会生活与生命。这才是人专属的美和浪漫和伟大,所谓"人性"应该是这个。食色欲是生物性、动物性。当然,不否定他们是强大、伟大的共性。这要分清楚。

所以,有人说没有科技会亡国。

我说,没有文艺,人类会亡。

2.《弦外是关键》

一件好艺术品至少能同时讲三个故事:

(1) 故事本身

(2) 讲述方式

(3) 弦外之音

以塑造人物为例,在此艺术品的任务之外,艺术形象的弦外界限有多大呢?你可以捕捉到这个人乃至这一类人,甚至这一期人类的生态、属性、韵味和气质(时代的与甚至超时代的)

3.《一种分类法》

文字与声画影像之间存在巨大差异。例如古典，古典活在文字里，和变载体后的美决然不是一个东西，这关乎感官使用的不同。看书看画是视觉与大脑想象；听故事听纯音乐是听觉系统和大脑；观歌舞观影剧是视觉听觉大脑等。这些用的不同神经系统，应明确反射作用不同！何以需要不同艺术门类来表达，本质上是不同感官的途径，也可以叫语言。创作者的不同触发点和抒发途径需要，观者相应的不同接收途径、触觉点和频率。

4.《挑盖头》

每一次合作，很像旧时女人的包办相亲，掀盖头，不知道这回嫁给了什么东西。

5.《法不同》

练法与打法口诀不同。所有事都和武功一个道理。

6.《根本欲，必须搞懂》

人类一切生存、生活，一切技艺技巧、最精微之真谛，所对应的，正是繁衍。为什么？繁殖真正驱动力是人类种群繁衍这个 DNA。一切生物皆然的"命理"。什么是生物的"命"？

关乎这个种群存在还是消失。本来并不低级下流黄色堕落，相反是最大的最正经的事。这件事在社会生活中的禁忌本身——负罪感，来自羞耻感，羞耻感恰恰来自兴奋感与渴望，很多人不知道兴奋与渴望正来自繁衍密码之根！刻入骨髓基因的延续需求之初。没有这件事，人这个物种就失去了"复印"功能！就湮灭了。

色情泛滥也不对，不对的不仅仅是浅层的道德败坏，是它将降低羞耻感，引起正常欲望的疲劳麻木无感从而降低吸引力！过度混乱除了影响封闭系统的政治道德生态秩序稳定，根本上同样不利于繁衍是关键！疾病倒错等影响优化。

所以，除去专业灵修者，专事提升灵性关闭肉欲（物质层面是燃料系统节省积攒能源、同时最大限度避免减少对神经系统的干扰），于常人而言，最佳的仍是"花看半开"的"适度"，发情期的有效交配任务，为人种集体最优的动态。

如果是社会道德层面的性原则，确实应重视在：不侵害他人，也包括自己不造成彼此身心伤害。本质上，还是生物种群优化繁衍。

根本欲就是繁衍。是一切的源头和母本样本，食欲是个体延续生命最大欲。于群体而言，性欲是延续生命最大欲。实际食色是一个，把人类从无到有从有到无看成一个完整生命，那么为了它健康地活着，事实上一切社会生活都在满足这个欲，生存和复制即持续地活下去。一切具体都是这个直接过程的局部，是对整体的一种模拟。

7.《灵魂先行》

以音乐声音设计为例，先找到灵魂的模样，可能才是重要的。

8.《平面阅读的思辨》

一个真正的文字作品的第一个字是作者一本文字完成时的"过去"！最后一个字反而最"当下"！

所以如果你要一下抓到作者的气质，前两页不够。他很可能把要说的话放在最后一个字了，当然，放在哪里都可以。但二维纸张或页面造成的误差太大了，你必须"从头读到尾"，完整消化一遍才能明白他说的哪怕第一个基本意思。看任何局部都可能本不是一段话或一本书的真实样子！但它又确实是作者说的。这就是人间无数误会的由来。思想真实的样子绝非二维平面，更非一行一行，更绝不会是从左往右或从右向左，不是横版也不是竖版，它是一团，是立体的，时空先后错位乱窜任意多向，并行重叠，等等，恐怖的无限，正如宇宙。

9.《棍子》

我做代理表演老师时，有一根打学生的木棍。

谁狂，谁不懂人的深刻，或角色的无边。我就会出一个生活人物观察模拟题目"捡垃圾的"。

先让他们展示成果。往往都是演出一个很虚的肤浅的又老又丑的人样子。这时我就打出第一棍。"就是这样了吗？好，我提示一个此人身份给你，他本不是捡垃圾的，是实在太饿了只能翻垃圾找东西……"

然后你会看见，同学再次上台，这个人物立刻多了情态，甚至一些身份，有悟性的有了身世感。

第二棍。"就是这样了吗？我再提示一点，他家有瘫痪老母，妻子刚出车祸死了。两三个孩子要养，他是个工程师，玩忽职守出事失业半年了，借了朋友的车开黑车打工挣钱。给孩子交学费，给老母治病，借了高利贷，刚被追债的打了一顿。给孩子做完晚饭，自己没吃，到河边要自杀，饿了，看见垃圾桶里有半盒盖好的饭菜，突然很想吃一口……"

这时所有学生连最狂的那个都安静了。给几分钟，再上台突然都充满了智慧，他们演出的捡垃圾者没有语言和虚假做作，是如此朴实而震撼人心，课堂上下热泪盈眶。

这就是，生活的棍子。

10.

不作百晓生

平生只是零

11.

人之通病：门墙户派、己是人非

也是各业特点与生存需要

12.《秘诀不过是》

反复,习惯,而平衡。这是一切技术最大的秘密。

真正大技只在二步与呼吸之间。

反复是永动之秘。一张一合,水母低等生物的蠕动,恰恰是生命的秘密。

各行业顶尖者的平衡感,都不过"熟练",而必生出一分弹性的幽默,并必将云淡风轻的风度,则确可通神。

13.《演艺》

无意娱人或娱己。人生如此,复何演绎?拍什么?拍给谁?为什么拍?

最合适的菜给客人。首先要不低估观众,把你最佳的给他们,恐怕还不够。别自大,一般都是给懒惰和浅薄找借口。

最佳的不代表把一切材与料都背上来。学会做菜以淡以适量为基础,甚至要不够,才近乎精微之门。

作品的内容,比如人物,他的质量质感,都在剧本之外!剧本只是提纲、说明书。

电影是用电记录播放的"影子"。它的实体是"生活"。

演戏不可演影子,要演主体。

很多人只是在写影子，演影子，看影子。离老远白描，甚至都不是看见，是道听途说，甚至听都没听，是信口雌黄。当然，不一定空想的就不好。你的材料都是曾经的经历和见闻。也是一种"实际"。只不过心态与鲜活，毫厘之辨别，自己知道，观众必能感到。终不能自欺欺人。

其实没有表演这回事，没有电影、话剧、电视剧、网剧这回事。表演除了成为，别无他法。

但

也不能是真的。

本来

都不是真的。

艺术就是说话，说服人最好做到身教。人自信服、熏风自化，不施言教。

其次自己使用有效的原理告之。

就是不要推理空谈,声色俱厉强按着让人照做。

14.《其实》

一切痛苦说到底：

我们太拿自己当事了！

这世上根本就不存在戏剧、音乐、美术、武术。

比如武术，练半天造各种阴阳玄理拳经秘笈，没人打得过一只成年雄性猴子。

就像书法，终归不过写字。

15.《多余是关键》

听过一个清吹洞箫、呼吸可闻，非常难得，见有不少网友说，影响了音乐。

我们人类最厉害也是最灾难可怕的部分，就是把野生鲜活的枝叶削砍做成盆乃至木棍……从而听不得任何"多余的"。看不了任何毛刺。所以现在小贩专给城市人吃长得光洁整齐的毒菜，因为你不知道生命该有的样子——恰恰是，不规则。

让大众和专业者欣赏喘息声和杂音，以及"非乐音"，知道人是喘气的，不一样的，有多难！专业者往往比大众"病得还不可救药"！

气是情绪的源头、音乐的丹田、生命的母体。人耳可见光谱之狭，可听音频之窄，可用语言文字之少，全体文明，在宇宙中，"沧海一粟"绝对已是吹大牛！完全可以忽略不计……所以大家平时奉为金科玉律的上升到职业正统道统乃至附加至道德操守之类浅薄的"卫道士"情怀，是多么狭隘可笑又无知啊！

还有很长的路……永远有很长的路。

我们跳不出"物种"的牢笼。这很黑色，但没什么。明白它至少超越了驴，或者兔子和一条水藻。

活过程还是活结果，决定你的重心。

都将产生以此为乐和不择手段的唯利是图，和完全不同的成功观。都对。不过有在不同型号笼子里的区别罢了。

16.《一本简单的书》

于我而言，书不该有序。这当然不是绝对的，是我自己的个性而已。我比较急，想看的是你开口第一句。也是因为我不到饿得受不了不会吃，所以吃就想第一口吃到，不需要看菜谱了。期待已久的那道好菜，上了桌，不许吃，先闲人闲话十分钟。你说多扫兴？这是我的逻辑和方式。千人千样。

我只想简单。

再简单。

其实很会做菜的我也知道，备菜才是灵魂，等待才是美好，前戏才是迷人。

17.《可能——都对》

思考本质上是这一期人类存在的一种颜色吧。

它反映"人的不确定"。

"差别"才是"意义"！

比如你思考，才能知道：

"懒"，才是一切的常态！勤是生态"和平"

的反动。当然，都是推动。喜欢不思考人云亦云对与错的，永远听不懂这种事，即两个相悖的却都对。因为，其实世界每一个点的对立面上都必有一个和它同样无辜而合理的点存在。而实际上天知道还有多少个与它不同或千奇百怪、矛盾别扭的点，阻挡它、破坏它、粉碎它，却和它并不矛盾地"相爱""同心"。

18.《杂谈》

生活大于我艺

然出则一意孤行

凡事不必太周张，一法可也

有心喜人人不乐

有心惨痛人不悲

一切技艺品格终归自然而已

人我不立、诸法如尸！

琴棋书画诸般技艺如水墨笔法，以松淡为上，而终以自然为佳，是因为本无此法。

戏曲是腰里人物，神气则去眉目头脚的毛稍讲究。为什么？最高度概括即最极致造作，就是一口活气而已。皇帝的新衣。

19.《境界是枉然》

千斤毫末

圆劲亦方

中和险侧

千古追慕

说来倒去

全是废话

自我杀光

才能独活

20.《一毫》

一切艺事，聆赏者可以全然自由心出。而操作者即使达到至高的两忘也仍需挂一丝技术念，与赏者有一毫之差。

两个如果选择，我都喜欢。

21.《矛盾不可调和：放大一点就调和了》

地方话及口音的参差态才是有血缘的历史！标准普通话和标准声乐台词其实很怪异。成为系统，趋于简化，形成一整套口诀和符号，可自洽便成立，但抹去了差异颜色，削减了历史传承，孰是孰非？

复印机里的午餐肉罐头……往复如此，需要改造谁吗？它们相互成全，互不改造，又互不成全。所以成立！

22.《技术关键》

一切人艺技的动能在使人生"问号"。

从而联想整个球面，而非"告白"。

如上菜，少量菜大盘装，淡为基调，产生了渴望，保护了味觉的敏感。

23.《愚》

绝大部分人愚就愚在自认站在世间最高道理的塔尖，正如我现在！可是没人能免。因为不能凌波微步，总要有一只脚踏在地上。

不要过于拼心力。一定平衡心力。各行中顶尖高手必是懂平衡者。当然高手最愚蠢！不平衡，也终被天地平衡。

《惜花谣》手稿

跋 门口的人 2022

我想过修炼成全能的人。后来看到古龙书里有个"王怜花",惊才绝艳无所不通,可终因精力分散,无法成为绝顶高手。当时一惊,烧退了一点儿点儿。"样样精通,样样稀松",是我爸小时候给我的定评。

碰的东西太多,哪有时间一家一家专一?哪有每天那么多十二小时弹琴十二小时写字十二小时站桩十二小时读书、练嗓子、吹笛子?兴趣广泛的代价就是,永远站在门口,当门外汉,摆路边摊儿。

当然,这个选择也有好处:不沾染过深的习气。这倒是我乐意的。

侯门深似海。岂止呢,任何一宗一门,乃至一户寻常人家,哪个不是红尘万丈?一道门墙,踏进,便是一条命。什么是功夫?时间。什么是时间?寿命。进一门就卖给一门,是拿自己献祭,你的时间——寿命——就得给它。你成了专业的,在外行面前称尊,身边立个功德箱,捧了这碗饭,就要付出代价。他人即地狱。我亦是地狱。

我想走自己的路,说自己的 DIY 语言。从小就有这个执念:谁也别套我脖子。一听粗枝大叶的民间琴书,就想变只猫,把自己蜷在屋角,听一天,眼泪随便流。那时就想:谱子、节奏、发声、吐字,都一边歇着吧。

站在诗歌的门口,其实我受不了那么深重的学识逻辑意向和讲究。任何事定格成法为的是便利,就像唐楷,法度建设得越完满实用性越强,就是网格化人工智能了,但反面就容易带来僵化,到了好事者手里,抖书袋、吊坎子、拿搪、撇嘴,又成了核桃古玩蝈蝈笼、拔份立规矩。真讨厌。

我给自己的懒惰找到理由后,"浅尝"成了习惯,对什么都不热爱,似懂非懂,不真知道,所以我书房叫"不知道馆",我就叫"不知道人"了。并不是那种拿拂尘的"道人",我没有什么道。

这次对以往文字汇总精选,一删再删,删去几万字杂文和剧本,剩下的还是泡沫居多。印象里自己文字极好,这次结集大失所望!终于认清了,无论思想、文句,实在没什么创举,我不但没成全能,连王怜花都没赶上。那点灵感就像淋巴液和汗水,谁都有。这哪叫诗,是厨余。只不过这些包装纸、残渣和脚印,确是我仅有的宝石。所以如果有后来人我还是要劝他,专心一点好。

求上等美智,受中下果实,过低配生活。就很好。

我希望将来离开这个世界时没有任何标签,烧我的人能尽快删除那个让人害怕不适的躯壳,烧成灰就随方便撒掉。

忆念一个人不要看墓碑，多难看。看一季花开花谢，了知人生。

这本文字是我的"人余"，但也许，我不过是这点文字的"人余"。留不下的。就是一场没事找事。

想想总有一天会离开，揭晓一个答案，我会如终于摆脱一个最霸道的无赖的纠缠那样，轻松吐出那口气。

其实，半句多。

不知道人
富山

2022 秋，不知道馆

圆珠笔画《神曲》富山 2002.9

图书在版编目（CIP）数据

人余集 / 富山著. -- 北京：中国文联出版社，2024.10. -- ISBN 978-7-5190-5571-4

Ⅰ．I217.2

中国国家版本馆 CIP 数据核字第 202443UM35 号

著　　者	富　山（富大龙）
责任编辑	胡　笋
责任校对	秀点校对
装帧设计	黄小黄　富　山

出版发行	中国文联出版社有限公司
社　　址	北京市朝阳区农展馆南里 10 号　邮编 100125
电　　话	010-85923025（发行部）010-85923091（总编室）
经　　销	全国新华书店等
印　　刷	廊坊市全龙印务有限公司
开　　本	889 毫米 × 1194 毫米　1/32
印　　张	9.375
字　　数	164 千字
版　　次	2024 年 10 月第 1 版第 1 次印刷
定　　价	98.00 元

版权所有·侵权必究
如有印装质量问题，请与本社发行部联系调换